少年陰陽師
しょうねん おんみょうじ

少年陰陽師 拾陸

玄妙之絆

妙なる絆を摑みとれ

結城光流—著　涂愫芸—譯

重要人物介紹

藤原彰子
左大臣藤原道長家的大千金，擁有強大靈力。基於某些因素，半永久性地寄住在安倍家。

小怪
昌浩的最好搭檔，長相可愛，嘴巴卻很毒，態度也很高傲，面臨危機時便會展露出神將本色。

安倍昌浩
十四歲半的菜鳥陰陽師，父親是安倍吉昌，母親是露樹，最討厭的話是「那個晴明的孫子」。

六合
十二神將之一，是沉默寡言的木將。

紅蓮
十二神將的火將騰蛇，化身成小怪跟著昌浩。

爺爺(安倍晴明)
大陰陽師。會用離魂術回到二十多歲的模樣。

朱雀
十二神將之一的火將，使的是柔和的火焰。與天一是戀人。

天一
十二神將之一的土將，是絕世美女，朱雀暱稱她「天貴」。

勾陣
十二神將之一的土將，通天力量僅次於紅蓮，也是個兇將。

太陰
十二神將之一，是風將，擅使龍捲風，個性和嘴巴都很好強。

玄武
十二神將之一的水將，個性沉著、冷靜，聲音高亢，外型像小孩子。

青龍
十二神將之一的木將，從很久以前就敵視紅蓮。他有另一個名字「宵藍」。

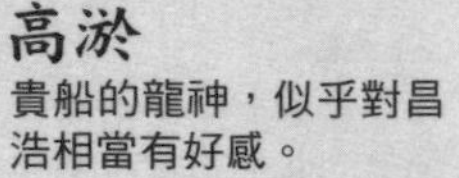

高淤

貴船的龍神，似乎對昌浩相當有好感。

白虎

十二神將之一，是精悍的風將。

天后

十二神將之一，是溫柔、有潔癖的水將。

小妖

（自左而右：猿鬼、龍鬼、獨角鬼）
個性溫和，很喜歡昌浩和彰子。

真鐵：奪走風音軀體的術士。
多由良：跟隨真鐵的灰黑色大狼。
茂由良：灰白色大狼，是多由良的弟弟。

風音

道反大神之女，在睡眠療癒中被奪走了軀體。

＊　＊　＊

波紋一消失，透明的水面就浮現出人影。

站在水邊看著人影的紅毛妖狼平靜地說：

「荒魂……需要祭品……」

「那就如祂所願。」

妖狼揚起視線，抖抖耳朵，轉過身去。

這時候，一隻野獸從樹林跳出來。

「珂神！」

「不得無禮！」

灰白妖狼慌忙站住，縮起身體。

「你那是什麼語氣？」

紅毛妖狼齜牙瞪眼。

「對、對不起，母親。」

沒想到母親也在這裡。

灰白妖狼茂由良把龐大的身體縮到不能再小，垂下了頭。

早知道母親也在，它就會規矩地叫「大王」，但是現在太遲了。

「你老是這樣，不管我說過幾次，你都改不了。」

「對不起……我有在注意……」

「你這樣的辯解我也聽到耳朵都長繭了。」

這時候，有聲音介入了兩隻狼的對話。

「真赭。」

被叫到名字的紅毛妖狼猛地抬起頭，表情嚴厲地面向那個聲音說：

「大王，您不用袒護它，這孩子遠不如它哥哥多由良，這樣下去總有一天會鑄成大錯。」

「沒那麼嚴重吧！」

「不，我們的血、肉體與靈魂都是為大王而存在，這點絕不能忘。」

聽著母親語重心長的話，茂由良悄悄抬起視線。

看到真赭身旁的祭祀王並沒有生氣的樣子，它才完全放下心來。

「真赭，妳對茂由良太嚴格了。」

大王苦笑的聲音聽起來很溫暖。

茂由良真的很喜歡那個聲音。

「大王，是您對茂由良太寬容了。」

對於真赭的反駁，大王聳聳肩說：

「妳就睜一隻眼閉一隻眼吧！」

「真是的……」

真赭無奈地嘆口氣，又把頭轉向水面。

平靜無波的水面，浮現出朦朧的影子。

那是魑魅看到的光景。

烏黑的長髮和白皙的側臉被掀起的波紋抹消了。

大王把手伸到水面上方，手掌上就浮現黑色團塊，眨眼間化成鳥的形狀，啞啞叫著飛走了。

✖ ✖ ✖

1

我最害怕的是……

＊＊＊

＊＊＊

抬頭仰望著天空，瀰漫的夜色逐漸消失。

就快到破曉時分了。

靠神腳衝上山路的神將朱雀停了下來，回望京城。

「沒有晴明回來的氣息。」

即使遠離，還是能感覺到安倍家發生了什麼事。只要主人的靈魂回到家，本能自然會通報他。

但是，一直沒有那樣的徵兆。

朱雀嘆口氣轉過身，繼續往前衝。

安倍晴明應貴船祭神高龗神的召喚來這裡，已經過了很久。連陪他一起來的同袍太陰都消失了蹤影，感覺不到神氣。

可見太陰是在連朱雀都感應不到的遙遠地方。

看到船形岩，朱雀先停下來觀察高龗神的狀況。

「都來到這裡了，不會被轟回去吧？」

應該不會。

他在嘴裡喃喃唸著，踏入正殿領域內。

船形岩周邊殘留著龍神的濃濃神氣。

「我該怎麼做呢？」

來是來了，可是，見不到關鍵的高龗神，朱雀就無法達成目的。

朱雀望著天空，挺直了背深呼吸。

「靈峰貴船的祭神啊！求求祢現身。」

渾厚洪亮的聲音響徹彌漫著清淨靈氣的山間，回音層層繚繞，逐漸消失在靜寂中。

當呼吸數到第十下時，清靈的神氣降臨了。

原本沒有人的岩石上出現了瘦長的身軀，深藍色的雙眼滿不在乎地俯瞰著神將。

以人形出現的龍神胸前垂掛著龍玉，在月光照耀下微微發亮。

那顏色很像天后和玄武操縱的水波動。

朱雀邊想著這些事，邊開口說：「高龗神，我想問祢一件事。」

「關於安倍晴明嗎？」

龍神一開口就直搗核心，朱雀看著祂的眼神不由得犀利起來。

「既然祢知道，那就好談了。我家主人把軀殼留在家裡，人不知道跑哪去了。聽祢這樣說，應該知道他在哪裡，對吧？」

貴船祭神一屁股坐下來，遙望著西方說：

「我派他去稍遠的地方，應該很快就會回來了。」

「哪裡？」

「遙遠的西方。」

朱雀憂慮地嘟囔著：

「果然是道反……」

也不想想才剛保住天命，那個男人還真是活得隨心所欲、為所欲為呢！那樣子，叫人有時氣得牙癢癢的。

希望他也能稍微想想他們的心情。

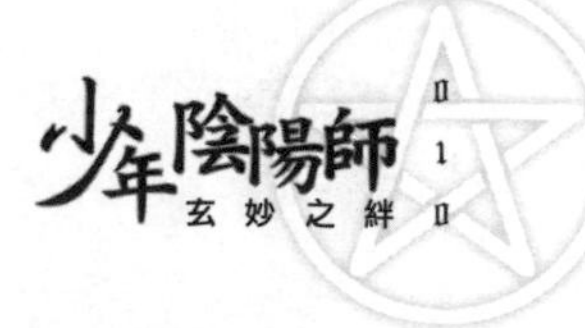

因為是晴明，他們才會生氣；也因為是晴明，他們才會姑息。

火將朱雀深深嘆息。

「為什麼派晴明去？我想知道原因。」

話說得很恭敬，卻帶有責怪的意味，怪高龗神不顧他們的心情，把主人當成跑腿使喚。

高龗神完全聽出來了。祂可以理解，但是高龗神就是高龗神，絕不會因此露出歉疚的神色。

「因為他是第二好使喚的人選。」

「……」

「因為第一好使喚的人選不在，所以派第二人選去，就只是因為這樣。」

「……」

高龗神看著臉愈來愈臭的朱雀，還是一副滿不在乎的樣子。

真是厚顏無恥，說話完全不顧及對方的感受。朱雀臉上擺明了這麼想，卻還是強裝平靜說：

「我知道為什麼派他去了。那麼，可不可以告訴我為什麼去道反？」

龍神深藍色的雙眼瞥過西方天空，回他說：

「那裡有事發生了，我要他去幫我確認。」

火將朱雀不悅地瞇起了淡金色眼睛。

高龗神看著他，用沒有抑揚頓挫的聲音接著說：

「我不能離開這裡，又不想跟五十多年前一樣，等所有事都落幕後才被告知。」

「發生了什麼事?!」

滿臉慍色的朱雀語氣變得粗暴。

他的主人安倍晴明的接班人昌浩、化身為小怪的神將騰蛇、勾陣、白虎，還有他最愛的天一都去了那裡。

「道反聖域到底發生了什麼事？高龗神！」

淡淡的話語回答了怒吼般的質問。

「我派晴明去幫我確認了。」

深藍色的雙眸閃閃發亮。

「十二神將的火將朱雀呀！居眾神之末的你應該知道吧！神絕非全能。」

有時也需要可以自由行動的左右手來彌補這樣的缺憾。

「現在，安倍晴明是我的眼睛、我的耳朵、我的手和腳。」

「但是，我們的主人是脆弱的人類。」

「但是，他身上流的不是人類的血。」

看到朱雀無言以對的樣子，貴船祭神的嘴角泛起了苦笑。

「不要露出那種表情嘛！神將。別看我這樣，我也很欣賞他呀！他說他要永遠待在人類的領域，我還不至於無情到推翻那樣的言靈。」

「不無情，也不見得有情吧？」

沒錯，神就是這樣。

高龗神沒有責怪朱雀毫不掩飾自己的不悅，只是揚起嘴角，擺出大無畏的表情。那樣的從容惹火了朱雀。

「他那條命是我朋友用生命換來的，我不會讓他去做那種白白送命的事。」高龗神在嘴巴裡喃喃唸著，沒讓朱雀聽見，然後聳聳肩說：「不只晴明在道反，那孩子也去了，不是嗎？道反的棋子是愈多愈好吧？」

朱雀察覺龍神的語調跟剛才有點不一樣。

高龗神變得僵硬的聲音，是不是說明了在道反發生的事有多嚴重呢？

朱雀挺直背，板起臉說：「貴船祭神高龗神啊！祢一定知道什麼。」

「神也有很多事都不知道。」

「但還是有知道的事吧？」

朱雀咄咄逼人，高龗神看他一眼，悄悄嘆息。

「祭祀王……」祂遙望西方天空，喃喃說著：「那是古老的血脈，真的非常古老……要追溯到神治時代。祭祀王祭拜可怕的神，受那個神的加護，可以自由操縱那個神的力量。」

但是，那個血脈失傳已久。

「那個神跟我們水火不容，套句人類說的話，就是瘟神。」

不，祭祀王所祭拜的絕對之神，根本不能稱為神。

「你們的主人說，充斥京城的那些妖獸很像『紙式』，其實那是跟祭祀王操縱的魑魅同樣的東西。」

朱雀不由得望向京城。

神將們奉晴明之命，把京城裡的黑色妖獸殲滅了。

「魑魅出現，表示傳承祭祀王血脈的人還活著，而且採取了行動。他們向來仇恨我們。」

「『我們』是指？」

「是指天津神①和所有順從天津神的人……我只知道這麼多。」

朱雀默默聽著，從龍神的話做推測。

把魑魅放入京城的人是被認為已經滅亡的祭祀王。那些人跟天津神有過節，高龗神擔心他們會把道反大神當成仇人，所以派安倍晴明前往道反聖域。

以出生順序來說，道反大神相當於這位大神的弟弟。朱雀不知道神的手足之情有多深，但是，看來多少還是會擔心手足的安危。

他很想說那是祢家的事，請不要拖累別人。

「原來如此……」

看到忍不住嘆息的朱雀，高龗神眨了眨眼睛。

「神將朱雀。」

被叫喚的朱雀無言地轉向高龗神。那雙深藍色的眼睛閃爍著冷冷的光芒，神的地位差距帶給他無法形容的壓力。

「什麼事？」

龍神莊嚴地對強裝平靜的朱雀說：「你最害怕的是什麼？」

唐突的問題問得朱雀滿臉疑惑，高龗神卻滿不在乎地用眼神催他回答。

朱雀皺起眉頭，眨了眨眼睛。

這是神的心血來潮嗎？不回答恐怕脫不了身吧？

最害怕的事？

閃過腦海的是：為了救被黃泉屍鬼殺成重傷的昌浩，承受了他所有傷勢、在生死邊緣徘徊的天一。

還有，很久以前從自己眼前消失的另一個人——

「我最害怕的是……」

朱雀看著自己的手，沉重地低喃著。

那時，邊叫喚她的名字邊伸出去的手，差之毫釐沒能抓住她。

「我最害怕的是伸出去的手，抓不到要抓的人。」

✦ ✦ ✦

安倍晴明開口確認。

「道反女巫。」

「是。」

晴明問轉向他的女巫：「請再說一次，公主……風音的靈魂在哪裡？」

這也是在場的天一和勾陣抱持的疑問。

臉色蒼白的女巫調整了呼吸說：

「在這世上最值得信賴的地方。」

她交互看看晴明和他所帶領的神將們，又接著說：

「就是我交給神將六合的勾玉裡。」

所有人都目瞪口呆，萬萬想不到風音的靈魂就在道反女巫託付給六合的勾玉裡。

驚愕的晴明過了好久才開口說：

「為什麼那麼做……」

「那孩子的身、心都受到嚴重創傷……必須進入長期的睡眠療癒狀態。」

「那麼，為什麼是六合？」

天一沉默地點點頭，支持晴明的發問，勾陣也不解地偏起頭。

「因為……」

「我來回答吧！」

打斷女巫的是凜然威嚴的聲音。

晴明等人轉頭看著門，以人形現身的道反大神就站在那裡。

「大神……」

道反大神走向鬆口氣的女巫，把手搭在妻子肩上，對晴明說：

「會把勾玉託付給六合，是因為那孩子這麼期望。」

◇　◇　◇

道反大神的女兒風音的靈魂，死後還是具有強大的靈力，是黃泉軍團想取得的力量。

脫離軀殼的靈魂就要被拖入黃泉之國時，女巫正好醒來，道反大神因此掌握了所有狀況，在千鈞一髮之際把靈魂救走了。

道反大神好恨自己的無能，但是，抱著終於回到身邊的女兒的靈魂，心情也篤定多了。

祂命令守護妖們把軀殼帶回聖域，只要長期靠祂的神氣與這片土地的清靜空氣清除軀殼的污穢，同時在他懷裡治好靈魂的創傷，將來就有可能讓女兒甦醒。

以人類的感覺來思考，或許是很遙遠的將來，但是，對大神來說只是眨眼間的事。

女兒只要耐心地、祥和地沉睡就行了。

這麼想的大神，突然聽到女兒的心聲。

——父親，求求你。

響起的微弱聲音比大神記憶中成熟許多。

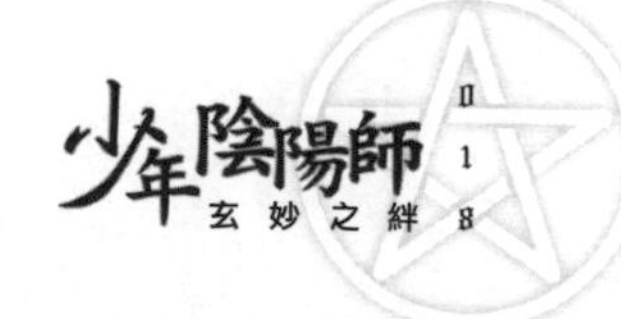

「怎麼了？」

——讓我待在他身邊，待在那個人身邊。

「什麼？妳說的『他』是誰？」

道反大神的心接收到風音的思緒。

看到的是居神族之末的十二神將之一。

同時，女兒經歷過的所有事一閃而過。

「十二神將……」

——他要我待在他身旁，我想待在他身旁……

那是令人震撼而悲戚的願望。

道反大神被她的情感打動，又放開了好不容易才找回來的女兒——

◇　◇　◇

「就這樣，我把她託付給了六合，完全遵照她的期望。」

「原來是這樣……」

天一啞然失言，站在她身旁的勾陣注視著道反大神。

大神顯得很平靜，毫無表情到不太自然。

再看看女巫，她正感傷地望著道反大神。

「這……」

勾陣暗自想著。

是不是在任何世界，女兒被不知從哪冒出來的來歷不明的男人搶走，父親都是差不多的心境呢？

還有，神看起來超然絕俗，其實情感的起伏非常強烈。

每次來這裡，六合都顯得特別僵硬，這應該也是原因之一吧？

守護妖們也是那種態度，真是苦了六合。

「以他的個性，不會談那種事……」

勾陣想起他那張沉默寡言的臉，呼地嘆了口氣。天一注意到她的反應，訝異地看著她。她以眼神告訴天一「沒什麼」，把視線轉向主人的背部。

「雖然是在睡眠療癒中，靈魂的力量還是很強大，萬一被圖謀不軌的人奪走，會造成不可挽回的事吧？」

對於晴明的質問，道反大神嚴肅地回答：

「你說得沒錯，但是，對方是神將六合，既然關係到風音的靈魂，他應該不惜犧牲生命也會保護勾玉吧？」

「原來如此……」

「不過，六合並不知道這件事。」

「什麼？」

聽到大神那麼說，晴明不由得反問。堵住黃泉路的大磐石之神還是很平靜地回答：

「我說我並沒有告訴六合這件事。」

「那……」

既然不知道，六合再怎麼樣都不可能為了勾玉犧牲自己的生命吧？不知道這件事，勾玉就只是個遺物。當然，遺物也很重要，但是意義就大不相同了。

晴明暗自這麼想，大神又說：

「不知道也會拚命吧？」

語氣還是那麼平淡。

「……」

六合那張臉在所有人的腦海裡浮現。

「說得也是。」

所有人心中都閃過同樣的想法。

大家都聽出了道反大神面無表情下的真正想法，但是，沒有人會冒生命危險去深入探討，那麼做就是所謂「惹神遭祟」了。

打破詭異沉默的是擔心女兒的女巫。

「可是，大神，雖然靈魂沒事，軀殼還是被搶走了啊！」

「我知道，這有點麻煩。」

大神的眼中浮現憂慮的神色。

祂瞥女巫一眼，不悅地皺起臉說：

「賊不只搶走那孩子的軀殼，還植入了自己的靈魂，自由操縱靈力，我絕不能讓賊利用她的力量來做壞事。」

絕不能讓那孩子純潔善良的心再次遭到蹂躪。

「賊的靈魂已經完全與風音的身體同化了，要把在每個角落生根的靈魂趕出軀殼，必須……」

充滿悲痛的眼睛突然張開來。

同時，門被推開了。

「晴明——！」

所有人都驚訝地轉頭看突然闖進來的人。原來是太陰，她讓門敞開著，一臉快哭出

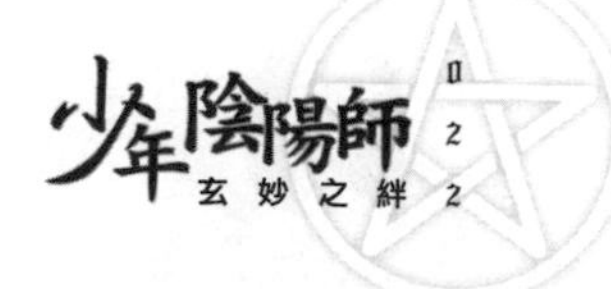

來的表情。

她的眉毛緊緊皺在一起，嘴角歪斜，滿臉通紅，眼中淚光閃閃。

「太陰，妳怎麼了？」

衝向她蹲下來的天一才伸出手，她就半哭了起來。

「青、青龍跟天后……」

這句話讓晴明顫動了一下。

太陰把臉扭成一團說：「他們非常生氣地對我說：『把晴明找來！』……」

勾陣和天一眨眨眼，互相看了看，片刻後，回頭問主人：

「晴明，你來這裡沒告訴青龍他們？」

晴明對滿臉困惑的勾陣嘆了口氣，光是這樣，天一和勾陣就知道怎麼回事了。

「我就說嘛……」

「太陰，妳冷靜點，做個深呼吸。在道反大神面前，不可失禮……」

天一拚命安撫快抽泣起來的太陰，但是沒有效果。

「都、都怪晴明啦！我說我不要來，他就硬要我來。」

「我知道了，太陰。」

「青龍和天后都快氣死了，叫我們趕快回去，好可怕……」

「……」

晴明按著額頭沒出聲，勾陣拍拍他的肩。他抬頭一看，視線位置比他高的雙眼正閃爍著兇光。

晴明只好舉雙手投降說：

「我知道了，我會跟青龍他們解釋清楚……」

就在這時候——

「怎麼可能……?!」

不尋常的吶喊，改變了全場的氣氛。

所有人都反射性地轉過頭來，看到道反大神突然臉色大變。道反女巫也蒼白著臉，張口結舌說不出話來。

大神驚訝地看著遠方，視線落在銜接人界的千引磐石上。

「道反大神，究竟……」

晴明才剛開口，就被神接下來的話震驚得倒抽了一口氣。

「風音醒過來了……?!」

難以置信。不該發生這種事。

在療癒結束前，她不應該會醒來，因為時間還不夠長。然而，她卻從沉睡的深淵被

拉上來了？

隱藏著風音靈魂的勾玉是在六合手上。六合為了奪回風音被搶走的軀殼，跟昌浩、紅蓮等人去追那個賊了。

「晴明大人，您是不是不舒服……」

「不，不是。」

晴明搖搖頭，轉過身去。

在隔絕一切的聖域裡，完全無法感知人界發生了什麼事。

「太陰，走，去追昌浩他們。」

被點名的太陰慌忙用手背拭淚，追上主人。就在他們快從門前消失時，背後突然傳來勾陣尖銳的叫聲。

「晴明！」

晴明和太陰停下來，偏過頭看。

勾陣往前走一步說：「我也去……」

「妳留在這裡。」

「晴明！」

晴明堅定地舉起手，制止不死心的勾陣。

「妳知不知道我們為什麼把妳送來這裡？」

勾陣無言以對。為了安慰她，晴明輕笑著說：

「還不用妳出場，王牌都是最後壓軸——我們走了。」

晴明帶著太陰飛奔而出。勾陣看著他的背影低囔著：

「誰是王牌啊，白癡……」

你才是王牌吧！安倍晴明。

小怪的陰陽講座

①在日本神話裡，「天津神」是指所有住在高天原或從那裡降臨人間的神，也稱為天神，為皇族及勢力龐大的氏族所信仰。

2

＊　＊　＊

天亮了。

眺望著東方天際的茂由良，看看站在身旁的人。

再看看眼前的泉水。

幾乎沒有一絲波紋的泉水深不見底，從那裡湧出源源不絕的水，是流過出雲的簸川的源流。

「怎麼這麼慢呢……」

這麼低喃的不是茂由良。

灰白妖狼仰起臉，用力地點著頭說：

「嗯，我也覺得。雖然真鐵跟多由良辦事大可放心，可是，我還是……」

「會擔心吧？」

茂由良猛點頭，溫暖的手安撫似的撫摸著它的頭。

「你說得沒錯，真鐵和多由良不太可能陷入險境，但是……」

比預料中費時。

狼不安地偏起頭。

「真的沒事嗎？會不會是道反守護妖的力量比我們想像中強大許多？」

可能是被自己的話攪得愈來愈不安，多由良的視線不由自主地飄移著。

「珂神……不，大王，可以在這裡映出真鐵的身影嗎？」

茂由良用前腳指著水面，露出誠摯的眼神，大王笑著點了點頭。

「好。」

大王自己也擔心真鐵他們。

他把手放在水面上，就產生了幾條波紋，原本什麼都沒有的地方浮現朦朧的影子。

定睛看著那個畫面的茂由良，認出那是兄弟們。

「啊，多由良……紅紅的……這是什麼？」

現在還是黑夜時刻，卻有暮色般的紅光照耀著兄弟們。

其他還有好幾個人影，但是光線太強，只能辨識出佔據道反公主身體的真鐵和多由良。

一陣寒意掠過茂由良的背。

那是不祥的光線，是茂由良他們非常不喜歡的光線。

「多由良……！」

茂由良顫抖的叫聲劃過水面。

水面掀起大波，反彈了這股力量。

「真鐵……！」

大王咬住嘴唇低嚷，轉移視線。

他把手指向還沒變紫的天空，那是真鐵與多由良所在的方位。

水劇烈波動著，茂由良感覺到有可怕兇猛的妖氣湧現。

「荒魂，請賜給我力量！」

＊　＊　＊

有紅光。

「……」

朦朧的視野彷彿披上了白紗。

昌浩最後看到的是紅光，還有在紅光中朦朧浮現的人影。

難道那是——

「昌浩?!昌浩，不要閉起眼睛！」

玄武發現昌浩垂下眼皮，拚命叫醒他。

失血過多，傷勢又嚴重，要是就這樣昏過去的話，很可能被拖入黃泉之國。

「昌浩！」

恢復自由的紅蓮大驚失色。

紅蓮衝到昌浩身旁，看到他又深又重的傷勢，倒抽了一口氣，回頭瞪著真鐵和多由良。

「你們……！」

從紅蓮全身冒出來的灼熱鬥氣，轉眼間變成白色火焰。

玄武和白虎看了大叫。

「騰蛇！」

「他是人類！」

「我知道！」

以怒吼回應的紅蓮，如他所說，的確把目標鎖定在灰黑妖狼身上。白色火焰龍張大嘴巴，衝向真鐵身旁的巨大妖獸。

「多由良！」

為了保護多由良，真鐵以自己的身體阻擋。火焰龍牙在咬上真鐵前，就被真鐵發射的靈力擊碎了。

產生了劇烈爆炸。神通力與靈力相衝撞，颳起了龍捲風般的強風。

「公主——！」

守護妖的驚叫聲被爆炸吞噬了。一邊翅膀受傷的烏鴉差點被炸飛出去，是拚命撐起脖子的蜈蚣用它的一百對腳抓住了嬌小的同袍。

已經不能動的蜥蜴，瞇起佈滿血絲的眼睛搜尋真鐵的身影。

不管那裡面是誰的靈魂，都是風音的軀殼。

不能讓那個軀殼受傷，無論如何都要奪回來。

「唔……」

白虎和嬌小的玄武都想去抱住昌浩，以免他被強烈的爆風掃到。

為了閃避漫天飛揚的沙礫，大家都閉起了眼睛。

就在這一瞬間——

「糟糕……！」

聽到風音的聲音，用手擋住眼睛的六合快速轉移視線。

受到嚴重衝擊的紅蓮也強撐著轉過頭。

白虎抓著差點被炸飛的玄武的手，另一隻手伸向昏迷的昌浩。

就在手快到碰到昌浩時，一個黑影滑進來。

玄武張大了眼睛。

「是狼……！」

趁爆炸時像疾風般衝過來的灰黑妖狼撞開玄武和白虎，咬住神將們來不及抓住的昌浩的衣領，用力把他甩到了背上。

「昌浩！」

白虎和玄武同時大叫。六合抓起地上的銀槍拋向妖狼，紅蓮也幾乎在同一時間放出了火蛇阻擋它的去路。

「休想阻礙我們！」

真鐵隨著怒吼放射出來的靈爆，困住了企圖阻撓的神將們。

被彈開的銀槍一個大旋轉，插入偏離目標的地方。就在這時，揹著昌浩的灰黑妖狼回到了真鐵身旁。

「你……！」

紅蓮低聲咒罵，真鐵瞪著他，把鋼劍架在昌浩的脖子上。

「不要動！你一動，我就砍下他的頭。」

更往下壓的劍刃微微嵌入白皙的脖子，慢慢滲出紅色液體。

紅蓮的眼中閃爍著淒厲的光芒，無法壓抑的激情把升騰的鬥氣薰染成酷烈的顏色。

真鐵的視線掃過所有神將，斜瞪著飄浮在紅光中的風音。

「妳也一樣，道反公主，要是敢輕舉妄動，這孩子就會沒命。」

在跟勾玉同樣顏色的光線中飄浮的風音漸漸模糊淡去。看到她那樣子，真鐵嘲笑地揚起嘴角說：

「看來，死亡成了妳的枷鎖。」

赫然驚覺的六合注視著風音，那張時而瓦解潰散的秀麗臉龐不甘心地扭曲著。

「真鐵，最好趕快離開這裡。」

對於多由良的建議，真鐵不滿地哼了一聲。但是，既然狀況不能算是完全好轉，也只好撤退了。

白虎和玄武暗暗窺探著，看能不能找到真鐵和妖狼的破綻。

《玄武，築起壁壘，不要讓他們逃走。》

同袍的聲音直接進入心中，玄武以眼神回應。雖然剛才的衝擊消耗了不少體力，但絕不能就這樣把昌浩交給敵人。

可以先築起天羅地網般的壁壘，囚住敵人，再靠白虎的風把昌浩奪回來。

《就算拚上性命，也要把昌浩救回來。》

紅蓮與六合也聽見了白虎的聲音，他們的任務是引開敵人的注意力。

「把昌浩還給我們！」

環繞紅蓮的神氣愈來愈強烈。

六合悄悄看著在紅光中飄浮的風音。在勾玉綻放的光線中，風音不時痛苦地閉起眼睛。直覺告訴他，風音的時間已經不多了。

狼的視線忽然射向了伺機而動的玄武和白虎。多由良瞪著屏氣斂息的兩人，嘴裡低囔著：

「我會咬斷他的脖子。」

狼用鮮紅的舌頭舔舔牙齒，不屑地笑了起來。

「想抓我們沒關係，不過，代價是要付出那孩子的生命。」

狼牙就在昌浩的脖子附近。不管神將們的行動多麼迅速，都是狼牙咬住脖子扯碎的速度比較快。

「唔……！」

被識破了。

依附在風音體內的真鐵陰沉地笑笑，移開了劍刃。

「不要亂動哦……」

他覺得呼吸變得急促，臉色開始發白。

多由良發現他不對勁，為了不讓神將們聽見，壓低聲音說：

「真鐵，你還好吧？」

「嗯，只是產生了排斥。」

魂魄出現，與軀體產生共鳴，對強行闖入生根侵犯的異物，產生了排斥反應。

「現在抗拒未免太遲了。」

真鐵的靈魂已經在風音體內徹底生根，再怎麼排斥也很難趕出去了。

除非用武力強行剝除。

「唔……！」

紅蓮緊咬嘴唇，血的味道在嘴裡擴散開來。

昌浩命在旦夕，他卻什麼也不能做。

「唔……可惡！」

如果勾陣在場，狀況應該會有點不一樣。她是僅次於自己的鬥將，在所有同行的人當中，最能增強戰力。

但是一想到他們為什麼來道反，他立刻甩開了這個想法。不行，現在的勾陣沒有辦法發揮全力。

他憤怒、懊惱得全身發抖，激動的紅色雙眸熊熊燃燒，視線射穿了真鐵與多由良。

趴在妖狼背上的昌浩一動也不動，血從癱瘓下垂的腳和手淌下來，在地面上形成斑斑圖案。

冥府的影子正悄悄地貼近昌浩。

真鐵陰沉地笑笑，高高舉起手說：

「送你們一個禮物。」

忽然，真鐵張大眼睛仰望天空。

神將和守護妖們都無意識地追逐他的視線。

濛濛亮的天空突然烏雲密佈。

吹起寒冷的風，逐漸擴散的雲層很快覆蓋了整片天空。

紅蓮的背脊一陣寒顫。

黑雲無限延伸，風中夾帶著微弱的妖氣。

「真是的……」

仰天而望的真鐵，聲音突然柔和了起來。

妖狼也苦笑地瞇起了眼睛。

「看來讓他們擔心啦！真鐵。」

「嗯。」

這麼回應的真鐵，嘴角泛起淡淡的笑。

「八成會被真赭罵吧！多由良。」

「最生氣的應該是珂神吧！」

多由良抖抖一隻耳朵，真鐵瞇起眼睛表示贊同。

紅蓮皺起了眉頭。

珂神？那是人類的名字嗎？

那個名字的言靈就像一陣風吹過，凍結了所有人的心。

瞬間覆蓋了整片天空的黑雲迸射出銀白色閃光。

「我將借用你的力量，荒魂！」

震耳欲聾的雷鳴淹沒了真鐵的聲音。

嘩啦敲打地面的，是連要張開眼睛都很困難的豪雨。

傾瀉地面的雨水與真鐵施放的靈壓，重重壓住神將們全身。

「唔……可惡……！」

受重傷的守護妖們無能為力地趴下來，骨骼傾軋作響的聲音愈來愈響亮，愈來愈可怕。

「唔……啊啊啊……！」

意識因為重壓逐漸模糊的黑烏鴉，剎那間清楚聽見一個聲音。

《嵬，你要挺住……！》

它緩緩張開眼睛，拚命東張西望。

最心愛的公主就飄浮在紅光中。為了清除污染身軀與靈魂的穢氣，她正處於時間到之前絕不能醒來的療癒睡眠中。

然而，她卻在療癒結束前醒來，造成了不可挽回的結果——

「公主……！」

守護妖的吶喊聲帶著悲嘆。

「唔……！」

紅蓮好不容易踩穩的雙腳承受不了重壓，漸漸發出聲響，陷入地面。承受重壓的骨骼痛苦哀號，他彷彿聽到微弱的乾裂聲。

六合的身體也因為重壓下沉，他卻叫也不叫一聲地瞪著真鐵，全身幾乎都被紅色光芒包圍了。

白虎和玄武也一樣，尤其是玄武，因為多處受傷，短短呻吟幾聲就靜止不動了。

「玄武……！」

白虎用手撐住地面以免被壓垮，不管他怎麼叫，玄武都沒有回應。

真鐵瞪著逐漸減弱的紅色光芒，陰慘慘地笑了起來。

「道反公主，我會充分利用妳的身體。」

飄浮在紅光中的風音全身變得僵直。

撕裂天空的白光帶著雷鳴。

「妳已經死了，不管這個身體會變成怎麼樣，妳都做不了什麼。」

真鐵指著奪來的身體，說完就跳上了多由良的背，妖狼像疾風般飛奔而去。

「慢著……！」

被靈壓囚住身體的紅蓮拚命伸長手，彷彿快吐血般吼叫著。

「昌浩——！」

但是，手碰不到昌浩。

悲痛的吶喊從紅蓮的喉嚨迸出來，骨頭嘎吱嘎吱震響，劇痛在受到壓迫的全身流竄。

他想追上去，想搶回昌浩，卻被真鐵的力量阻擋了。

閃電劃過，紅蓮的皮膚突然冒起水泡。

他不由得仰望天空。

看到穿越烏雲的閃光、潛藏在風雨中的可怕妖氣，還有……

蠢蠢欲動的兩隻螢火蟲。

「螢火蟲?!」

跟著紅蓮抬頭看的六合和白虎也清楚看見了。

風音在逐漸減弱的紅光中，也看到了一樣的東西。

《危險……！》

突然，紅光爆開來。

光的飛沫向四周擴散，包圍了神將們。

轟隆的雷鳴聲震動耳膜，對準他們一直線打下來的閃電充斥著妖氣，被風音迸射出來的紅光彈開了。

「——唔！」

雖然避開了雷電的直擊，還是無法完全消除衝撞的力道。潛藏在雷電裡的妖氣漩渦貫穿紅光的盾牌，打在神將與守護妖的身上。

地動山搖的轟隆巨響層層交疊，剝奪了聽覺，閃光遮蔽了視野。

在雷打下來之前，風音緊緊抱住了六合，好像把自己全身當成盾牌來保護他。

而六合也確實受到了保護。

他感覺到紅色的手指滑過了自己的臉頰。

一睜開眼，看到的是正俯視著自己的、輪廓模糊的雙眼。

《彩輝……》

他反射性地伸出來的手穿透而過。因為沒有實體，所以抓不到，也絕不可能摸得到。

勾玉綻放的光芒減弱，風音的身影也愈來愈淡薄。

《讓我待在你身旁，待在這裡……》

這麼告訴連眨眼都做不到的六合後，風音就閉上了眼睛。當飄下來的唇看似與六合的唇重疊時，風音的身影就跟紅光一起消失了。

六合握著完全沉默的勾玉，茫然地低喃著：

「風音……」

原來妳在這裡，從那時候起，片刻也不曾離開過。

我說過要妳待在我身旁，而妳也相信了我的話。

冰冷的勾玉奪走了六合雙手的溫度，那裡已經感覺不到光的殘渣或絲毫的波動。

但是，裡面千真萬確存在著她的心。原以為失去的心，就在我身邊。

豪雨下個不停，打在身上。

雷擊被風音勉強擋開了，但是真鐵留下來的禮物還是對神將們造成無法估計的損傷。

搖搖晃晃站起來的紅蓮想追上野獸的氣息和真鐵的靈氣，但膝蓋無力，身體又往下沉了。雖然不至於要靠手撐住地面，呼吸卻變得異常急促，讓他了解到目前所處的狀態。

因為情緒高亢而麻痺的痛覺全都回來了，痛得他天旋地轉。喉嚨深處還湧上血腥味，鮮紅的血隨著壓抑不住的咳嗽從嘴巴噴出來。

「唔……哈……」

每咳一聲，劇痛就貫穿全身，胸口像燒灼般熾熱。

骨頭嘎吱嘎吱哀號著。他突然想起剛才好像聽到什麼乾裂聲，難道是折斷的肋骨因為衝擊刺進了內臟？

「騰蛇……！」

白虎抱著玄武，掙扎著站起來，六合趕緊攙住差點又跪下去的同袍。

「六合，玄武他……」

被白虎橫抱在懷裡的玄武面色如土，無力地閉著眼睛。被雨淋濕的身體瞬間失去體溫，冷得像冰一樣。

六合拆下披在肩上的深色靈布，把玄武包起來，回頭看紅蓮。

咳了好一會後，紅蓮握起被自己吐的血染成紅色的手掌，按著胸口站起來。

被鮮血染紅的手，很快就被傾盆大雨沖乾淨了。

「昌……浩……！」

要趕快追上去。他的傷勢那麼嚴重，這場雨會迅速奪去他的體溫。

六合衝過來，攔住了腳步蹣跚的紅蓮。

「等等，你的身體……」

「放開，我要去追真鐵！」

異常的怦然脈動流竄全身，剛才的劇痛不知何時消失了，只有胸口像燒灼般熾熱。

金色雙眸眺望著遠方。

連十呎遠的地方都看不清楚的猛烈雨勢，把神將們也淋得全身發冷。

雨水洗去了野獸的氣息，吹拂的風蘊涵著妖氣，吹散了真鐵的力量。

那紅色螢火蟲將把昌浩帶到冥府。

「放……放開我……唔……」

鮮血從按住的嘴巴滴滴答答淌下來，灼燒的痛楚剝奪了意識，紅連不由自主地跪了下來。

「騰蛇！」

冰冷的雨打在血沫四濺而倒地的紅蓮身上。

六合蹲下來想抱起同袍，這時，感覺到與蘊涵妖氣之風不同的氣流。

白虎也察覺到了，環視周遭。

乘著風邊彈開豪雨，邊從天空奔馳而來的同袍，認出地上的六合他們，立刻降落地面。

白虎茫然地喃喃唸著：

「太陰……？」

飛舞而下的不只風將太陰。

「你怎麼會在這裡……」

張口結舌的白虎聽到六合缺乏抑揚頓挫的聲音。

「但是，現在最需要的就是他的力量。」

全身被雨打濕的守護妖們心中湧現言語無法形容的波動。

黑烏鴉東倒西歪地爬過來，張開長長的嘴巴叫著：

「安倍……晴明……！」

在雨中疾馳的多由良問背上的真鐵：

「要回去了嗎？」

舉起手遮擋雨水的真鐵臉色蒼白地搖搖頭說：

「不，追兵很可能發現我們的足跡。」

多由良擔心呼吸愈來愈急促的真鐵，放慢了腳步，卻被真鐵怒斥。

「不用顧慮我！」

多由良默默加快了速度。真鐵安撫似的拍拍狼的頭，輕輕嘆了口氣。

沒有贅肉的白皙手臂，長及腰間的烏黑頭髮。

這是道反大神力量的唯一繼承人，再也沒有比這個女人更好的祭品了。

「真鐵……」多由良看一眼昏迷的少年，低聲說：「要怎麼處理他？」

背部與腳上的傷若不治療就無法止血。只要丟下他不管，他就會失血過多而死。

水鏡顯示他是他們的阻礙，當然不能讓他活下來。

「要給他致命的一擊嗎？」

妖狼的眼睛炯炯發亮。大張的嘴巴露出上下兩排尖牙，等著一接到指示就咬斷昌浩的脖子。

真鐵注視著昌浩。

沒有血色的肌膚，就像冬天覆蓋這片土地的白雪，被雨水洗刷過的臉已經呈現垂死狀。

風音美麗的臉上泛起殘忍的嘲笑。

「沒必要了……」

不必給予致命的一擊，這個少年就已經走向通往冥府的黃泉斜坡了。

大量失血，被雨淋得全身冰冷。

這兩個原因都可能導致這孩子的死亡。

「他們會來找這孩子，等他們找到時已經是屍體了。」

「嗯。」多由良點點頭，喃喃說著：「應該告訴茂由良，我們會晚點回去……」

坐在多由良背上的真鐵，正默默跟風音的身體所產生的排斥戰鬥著。他什麼也沒說，但看得出來，相當耗費精神。

這也難怪，因為真鐵身上所流的血與道反大神的力量絕對無法相容。

在雨聲與多由良的腳步聲中，真鐵聽到其他流水聲。

「喂，多由良……」

真鐵極力遮掩聲音裡的痛楚，平靜地叫喚。

狼豎起了耳朵。

看著昌浩的秀麗臉龐露出冷酷的微笑。

然後，真鐵用格外溫柔的語氣說：

「把這小子扔在這裡吧！」

在天剛破曉的微暗中，多由良穿越樹叢後跨一個縱步，接著停了下來。

因為豪雨而水位暴漲的河川發出轟隆巨響。沖刷泥土後變得混濁的水流十分湍急，絲毫看不到平常的祥和。

多由良清清喉嚨說：

「沒錯，礙手礙腳。」

真鐵抓住昌浩的衣領，多由良配合他的動作蹬地而起。

妖狼跨越河川，嬌小的身軀從它的背上被拋入了河川。

少年沉入了灰色的混濁河水裡，妖獸和跨坐在妖獸背上的真鐵連回頭看他一眼都沒有。

✶ ✶ ✶

螢火蟲飛舞著。

無數的螢火蟲飛舞著。

在雨中，在烏雲中。

有條燃燒的河川，因雨水暴漲的河川。

清澄的水被可怕的東西一點一點地侵蝕，紅紅地燃燒起來。

那是火之河川。

劇烈波動的怒潮被染成紅色，彷彿就像——

✶ ✶ ✶

3

在早晨和煦陽光的照耀下，彰子伸了個大懶腰。

「今天的天氣好像也不錯呢！」

天氣放晴，心情就好。雖然還不能太勞累，但是氣候宜人，做起事來就覺得輕鬆多了。

「昌浩是不是平安到達道反了呢？」

他是傍晚後才出門，所以晴明說再快也要過寅時才會到。

平常陪在彰子身旁的天一和玄武都陪昌浩去了，所以現在彰子身旁沒有任何人。

梳洗整裝後，彰子走到外廊上。逐漸增強的夏日陽光有點刺眼，她舉手遮陽，瞇起了眼睛。

「我差不多可以外出了……」

應該還不會獲得允許，可是她很想在昌浩回來時，先替他準備一些好吃的東西。因為去見大神和大神的妻子，想必很耗精神。

回來時，希望他能完全放鬆。

自己不能幫他做什麼，只能關心他。

彰子摸摸左手上的飾物，微微一笑。

——彰子……

忽然，她覺得有人叫她，環視周遭。

「誰？」

眨眨眼、偏起頭的彰子，猛然望向西方天空。

「……昌浩？」

是錯覺嗎？

昌浩正在前往出雲國道反的路上，不可能聽見他的聲音。

但是，又像是某種預感。

「對了，去問晴明……」

事不宜遲，她立刻走向晴明的房間。

她把手搭在木拉門上，對裡面說：

「我是彰子，請問晴明大人醒了嗎？」

等了一下，沒有回應。平常這個時間都起床了，今天是不是還在睡呢？

她稍微窺探裡面的情況，發現有幾道神氣。

正煩惱著該不該再問一次時，有神將拉開木門出來了。

「彰子小姐，妳今天精神不錯呢！」

看到朱雀開朗的笑容，彰子鬆口氣，點了點頭。

「嗯，感覺不錯……請問晴明大人還在休息嗎？」

被她這麼一問，朱雀顯得有點困擾。他以請示般的眼神向後看，後面是老板著一張臉的神將青龍，還有表情僵硬的神將天后。

房內的空氣異常緊繃，讓人很難介入。

看到彰子滿臉疑惑，朱雀壓低聲音說：

「現在有點不方便，對不起，可不可以請妳晚一點再來？」

從朱雀和木拉門之間的縫隙，可以看到裡面。

青龍和天后坐在晴明的床邊，兩人都神情嚴肅地看著躺在床上的晴明。

朦朧閃爍的光圈浮在半空中，光圈裡是從來沒有見過的景致。

「啊！那是天后的水鏡。」

「水鏡？」

彰子反問，朱雀點頭說沒錯。

「可以跟遠方的人對話，現在正跟道反聖域聯繫中……」

去叫晴明的太陰一直沒回來，所以青龍和大后沉默地盛怒著。

保持沉默的青龍投射出銳利的視線。

彰子不由得往後退，明知道青龍對自己並沒有什麼意見，那銳利的眼神還是讓她往後退了。

朱雀趕緊移動身體擋住青龍的視線，摸摸彰子的頭說：

「對不起，等事情解決後，我會轉告晴明妳有事找他。」

彰子按著被有點粗魯地撫摸的頭，點點頭說：

「我知道了，拜託你。」

「好。」

木門被輕輕拉上了。

彰子悄悄嘆口氣，轉身離去。

「他們的表情都好可怕……」

是不是發生了什麼事？

彰子停下來，盯著手上的飾物。

剛才見到的晴明看起來像是躺在床上睡覺，可是總覺得哪裡不一樣。

彰子擁有當代最強的靈視能力，甚至凌駕身為陰陽師的昌浩。

神將們看起來很沉著，可見沒有生命危險，但是很可能發生了什麼大事。

每次有什麼事就去拜託晴明，可是晴明的年紀也大了，也許不該這樣動不動就去拜託他。

彰子握住左手手腕，低頭沉吟著：

「昌浩……你不會有事吧？」

✦ ✦ ✦

一出了通往道反聖域的隧道，晴明就和太陰乘著風流尋找神將們的神氣。

在朝霞滿天之前突然傾瀉而下的雨，有所意圖似的愈下愈大。

「這是什麼雨啊？太不自然了。」

雨下得又急又強，要扯開嗓門大吼才能說話。

「太奇怪了，剛才吹來的風並沒有雨的氣息……」

搭乘太陰的風在空中奔馳的晴明，因為雨滴都被圍繞他身旁的氣流彈開了，所以沒有被淋濕。但是一把手伸出氣流外，立刻就被傾盆大雨淋濕了。

那不是自然形成的雨。

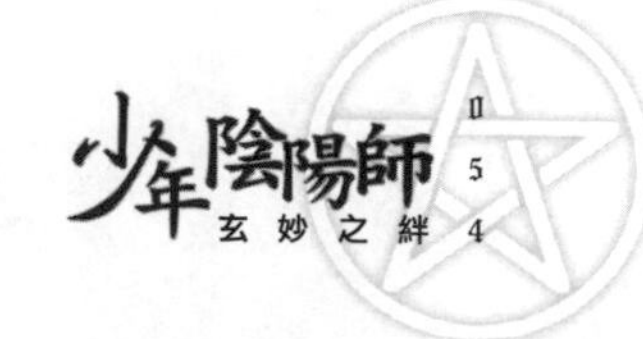

迎面而來的風，似乎夾帶著異質的東西。

晴明屏氣凝神觀察。這到底是什麼呢？

「啊——」

搜尋著同袍氣息的太陰大概是發現了什麼，輕輕叫了一聲。

「找到了嗎？」

主人問，太陰點點頭，臉色變得異常嚴肅。

「要飛了哦！」

才說完，風力就增強了。接二連三的衝力讓人呼吸困難，連晴明都好像有點受不了，皺起了眉頭。

傾盆大雨遮蔽了視線。

靠風彈開雨水前進的太陰指著地上一角說：「在那裡！」

晴明望過去，發現那裡彌漫著強烈的靈力與神氣，倒抽了一口氣。

隨著他們往下降，那片慘狀逐漸映入眼簾。

守護妖們遍體鱗傷，神將們也是一看就知道傷痕累累。

樹木東倒西歪，被強大力量挖掘過的地面殘留著無數傷痕，到處都是大雨積成的水窪。

望著式神的晴明呆呆站著，半天說不出話來。

玄武被白虎橫抱在懷裡；紅蓮倒地不動；六合與白虎也都受了傷，顯得疲憊不堪。

烏雲低垂密佈，雨勢完全沒有減弱的樣子。

驚慌失措的太陰衝向白虎，啪沙啪沙濺起了雨水。

「白虎，發生了什麼事？」

身體壯碩結實的同袍看起來毫無血色，並不只是因為天色像黃昏般幽暗。

玄武癱軟下垂的手摸起來像冰一樣冷。

「玄武怎麼了？」

太陰怯怯地問，白虎簡短回說：

「被侵入道反聖域的賊打傷了。」

「真的很不甘心，可是，我們完全出不了手……連騰蛇都變成那樣了。」

太陰把眼睛睜大到不能再大。

「咦……」

循著白虎的視線望過去，就看到晴明蹲在倒地不起的紅蓮身旁，滿臉驚慌。

「紅蓮！紅蓮，你醒醒呀！紅蓮。」

「他內臟受傷，吐血昏倒了。」

「怎麼會這樣……」

晴明茫然低喃，轉過頭去。

受傷的守護妖們正慢慢接近他。

「安倍……晴明……」

蜈蚣的外骨骼扭曲龜裂，那並不是外來的衝擊造成的。

垂死模樣的蜥蜴走過來，抬起頭望著烏雲。

「我們的……公主……」

忽然，兩隻巨大的守護妖都虛弱地向一旁傾斜。

轟隆一聲，龐大的軀體就翻倒了，濺起混濁的飛沫，大半沉入了被雨淋得鬆軟的泥土裡。

「蜈蚣、蜥蜴！」

晴明跑過來，對它們嚴重的傷勢驚訝得目瞪口呆。這樣還能保住性命，實在太不可思議了。

「晴明！」

晴明聽到太陰的尖叫而回過頭，看到抱著玄武的白虎單腳跪了下來。

「白虎，你要挺住呀！」

通常白虎都會說些什麼來安撫快哭出來的太陰。但是現在的他，已經沒有這樣的力氣了。

毫無減弱跡象的雨勢如嘲笑般打在瀕死的他們身上。連續不斷的雨聲，聽起來就像哄堂大笑。

晴明交互看著式神和守護妖們，一個小小的身影搖搖晃晃地接近他。

「安倍……晴明……」

晴明的視線迅速地往下移，看到拖著一邊翅膀爬向自己的烏鴉。

「烏鴉……」

烏鴉憤怒地拍著一邊完好的翅膀，斷斷續續地說：

「把我們……帶回……聖域。」

「帶回聖域？」

烏鴉看著身體大半沉入泥濘裡的同袍們，懊惱地清清喉嚨說：

「就這樣死去，不能給大神交代……請把我們送回聖域，讓我們延續生命，治好傷勢……！」

道反聖域充滿著道反大神的神氣。大神是大地生氣的化身，而大地是孕育生命、保護生命的存在。

在那個聖域有足以象徵那種存在的東西，並不稀奇。

晴明回頭看著驚慌失措的太陰，立即下令：

「太陰，用妳的風把這裡的所有人都送回去。」

「咦？」

這裡的所有人是指？

「呃……你是說騰蛇、六合、玄武跟白虎嗎？」

「還有蜈蚣、蜥蜴和烏鴉。」

「咦咦咦，那怎麼可能！」

太陰瞪大了眼睛。

靠自己一個人的風，怎麼樣都不可能一次運送兩個龐大的身軀。

「分幾次應該可以……」

「一次送完。」

「不可能！蜈蚣和蜥蜴都這麼大，除非是把樹木都拔起來的龍捲風，否則送不了！」

晴明毫不留情地對這麼控訴的太陰說：

「那就用龍捲風。」

「晴明！」

太陰慘叫著抗議，晴明回答的聲音卻平靜得出奇。

「太陰——」

他的表情非常嚴肅。率領十二神將的曠世大陰陽師認真起來時，眼神比刀刃還犀利。

太陰閉上了嘴巴，她必須聽從主人的命令，這就是身為式神的神將們要遵守的天條。

看到小孩外貌的神將露出堅決的表情，晴明這才鬆了一口氣。

然後，他突然想起一件事。

他慌忙四下張望，對白虎與六合說：

「喂，昌浩在哪裡？」

一眼望去，看不到他的身影。

去追賊了嗎？不，不可能，再怎麼樣他都不會丟下紅蓮等神將不管。

那麼，為什麼沒看到他？

被晴明這麼一問，六合與白虎的表情都僵硬了。

這樣的反應使晴明的胸口頓時凍結，心像被什麼敲打似的劇烈跳動，全身逐漸失去血色。

「昌浩怎麼了？」

這個問題問得很平靜，連晴明自己都覺得訝異。不，不是平靜，只是有沉重的壓力卡在喉嚨，削弱了他的語氣。

六合與白虎沉默地互看一眼，那緊張的眼神告訴晴明有事發生了。

「唔……」

倒地的紅蓮，無力地抓著被雨沖刷得愈來愈軟的泥土。

「……浩……！」

嘶啞的聲音確實喊著昌浩的名字。

晴明臉色發白。

「六合、白虎……」

聲音沒有抑揚頓挫，聽起來卻像雷聲般震動。

傷痕累累的神將們緊繃起全身肌肉，轉頭看著主人。

「回答我。」

白虎莫可奈何地開口說：

「被抓去當人質了。」

太陰屏住了呼吸。

「怎……怎麼會這樣？他怎麼會那麼輕易被抓去當人質？」

「他受重傷，昏迷了。」

六合的回答像重重的一擊，打得晴明天旋地轉。他好不容易才挺住身子，在倒下前重新站穩。

覺得暈眩的晴明按著額頭，拚命調整呼吸。

「唔……！」

他覺得連不在這裡的實體，恐怕都受到了心臟差點停止的衝擊。會不會使用離魂術反而是對的？他發現自己正試著藉由胡思亂想來保持心情的平靜，但是腦中一片空白，完全無法思考。

白虎使盡全身力量站起來。

「晴明，你快去追賊，我們自己會照顧自己。」

總之，回道反聖域就對了。

「我的傷勢比較輕，還可以送大家回去。」

「白虎！」連聲音都變得蒼白的太陰搖著頭說：「不行！你的狀態也很糟，不然不會跪下來！」

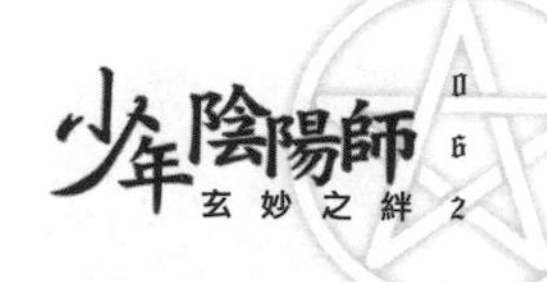

「我沒事。」
白虎強裝出聽起來跟平常一樣的聲音，太陰突然壓低語調說：
「騙人，白虎，你臉上寫著你在說謊，你以為我不知道嗎？」
被直直看著自己的嚴厲眼神所震懾，白虎也沉默了下來。
太陰緊緊握起雙拳，用力深呼吸說：
「我不知道我做不做得到，但我可以試試，把大家送回去後再去追賊。」
晴明轉頭看著她，她又臉色蒼白地繼續說：
「回到聖域還有勾陣在呢！晴明。」
儘管力量減弱，勾陣還是比她或白虎強多了。
然而，晴明沒有反應，凍結的表情也文風不動。
太陰焦慮地大叫：「晴明！」
晴明突然回過神來，彷彿剛清醒似的望向太陰，拚命壓抑住顫抖的太陰又繼續對著他說：
「不會有事的，他是你的孫子，絕對不會有事，所以你千萬不要一個人做出衝動的事。」
「太陰……」

晴明再也說不出話來，太陰衝向他，握起他的手。雖然不是實體，以靈力做出來的手還是異常冰冷。

「求求你，你根本不能長時間維持這個模樣，青龍和天后也很擔心，所以……」

太陰似乎也說不下去了，眼中淚光閃閃，就快掉下淚來了。

晴明自己最清楚，離魂術會增加實體的負擔。

要不是發生這些事，他現在早該回到京城了。

晴明閉上眼睛。

昌浩、昌浩！爺爺一點都不在乎自己會怎麼樣，不管用什麼手段，爺爺都會找到你，即使付出生命，爺爺也要把你救回來。

但是，他不能把這個想法告訴神將們。

自己的生命不久前才被保住，他還答應過神將，會活到天命結束。

咳聲嘆氣的晴明平靜地張開了眼睛。

他看到太陰強忍著不哭的眼睛，看到拚命咬住嘴唇、壓抑澎湃思緒的一雙眼睛。

晴明自問：你是誰？

又自答：我是安倍晴明。

那麼，你能做什麼？

思考、思考呀！

只要不迷失自我，就有數不清的事可以做。

離開實體很長一段時間了，所以治癒術頂多只能治癒一個人。

無論如何都得回京城一趟，解除法術，不然會縮短壽命。

「白虎，我先治癒你一個人。」

白虎疑惑地瞇起了眼睛。晴明環視神將們，嚴肅地說：

「你把大家送回聖域，把這件事告訴勾陣和天一，讓他們一起去追賊。」

「晴明？」

晴明看著納悶的太陰，指向東方天空說：

「我先回京城一趟，再以實體回來這裡。」

意想不到的話讓太陰張大了眼睛。

沒錯，長時間使用離魂術，對身體和靈魂都會造成負擔，合在一起來就不必擔心那種事了。

晴明拍拍目瞪口呆的太陰的肩膀，轉向白虎說：「可以吧？」

神將白虎默默點著頭。

✦ ✦ ✦

在聖殿後方，有座水底湛藍、波光粼粼的湖。

連闖入聖殿的真鐵也沒發現這座湖。

清澄的水面沒有一絲漣漪，水底的一片碧綠直接映入眼簾。

突然，湖面中心捲起了波紋。

好幾道波紋改變了湖水的容貌，開始波濤翻騰、飛沫四濺。

無數的氣泡噗噗冒出來，才看見一個漆黑的身影晃動，就跳出了一隻巨大的異形。

✦ ✦ ✦

兩種風分別飛向不同方位。

太陰釋放所有力量形成的氣流，以驚人的速度穿越天空。白虎靠晴明的法術恢復了駕馭風的能力，在目送瞬間就不見蹤影的同袍離去後，也飛向了道反聖域。

蜥蜴和蜈蚣動也不動一下。白虎真的不知道，怎麼樣才能治癒真鐵對它們造成的傷害。

「看到了……」

在通往道反聖域的隧道口降落後，白虎小心地觀察周遭。

沒有可疑的動靜，但是，那些妖獸有可能躲起來了。

「應該沒事吧？」

白虎還是提高警覺不敢稍有懈怠，走進了隧道。

穿過有堅固結界保護的千引磐石，到達道反聖域時，所有人才鬆懈下來。

雖然剛才被賊侵入過，但是，這裡畢竟還是有道反大神的神氣守護著。

「你們……！」

聽到低鳴聲回頭看的白虎，看到跟蜈蚣、蜥蜴差不多大的大蜘蛛快步接近他們，大吃一驚。

白虎立刻擺出迎戰姿態，停在蜈蚣頭上的烏鴉嵬趕緊阻止他。

「慢著！那是我們的同袍！」

烏鴉只剩一邊的翅膀，所以飛不起來，東倒西歪地衝到蜘蛛前面。

蜘蛛一把舉起了嵬。

「發生了什麼事？我好不容易靠大神的力量甦醒過來，剛從水裡爬出來就感覺到險惡的靈力。」

嵬欲言又止，嘴巴張張合合。

蜘蛛對嵬的舉動感到疑惑，但還是興奮地說：

「對了，公主的軀體在哪裡？雖然睡著了，還是可以看看她美麗的容顏吧？」

說著說著，突然發現神將們都茫然地看著自己。

以肩膀攙扶著紅蓮的六合還記得這隻大蜘蛛。如果紅蓮和玄武的神志夠清醒，應該也會說同樣的話。

「你那時候不是已經……」

就是這隻蜘蛛犧牲生命，封住了脩子公主與風音打通的瘴穴。

六合疑惑地皺起眉頭，忽然想起以前來這裡時，蜈蚣說的話。

——已經向大神請求了新的守護妖……

道反大神是隔開黃泉之國與人界的神明。很可能是把它走向黃泉的靈魂拉回來，再賦予它新的軀殼。

蜘蛛和烏鴉都默默看著六合。

六合發現那兩對眼睛正看著自己掛在胸前的紅色勾玉。

從那之後，勾玉就沒有任何動靜了，若不是親眼見過，實在很難相信風音的靈魂就在那裡面。

「神將六合……」烏鴉發出分外低沉的聲音，眼神銳利地瞪著六合說：「你要是敢讓那塊勾玉受到一點損傷，我就把你碎屍萬段。」

六合微微皺起眉頭。

那隻烏鴉應該是……

「嵬……」

他試著說出風音所叫的名字，烏鴉激動地咆哮起來。

「你沒資格叫我的名字！」

要是有牙齒的話，應該會齜牙咧嘴吧！它這麼兇狠地叫囂後，又轉向蜘蛛說：

「蜘蛛呀！大事不好了，拜託你，把同袍放進瑞碧之湖。」

大蜘蛛看出小小同袍受的傷也不輕，決定稍後再問它，先吐出絲來纏住蜈蚣長長的身體。

「會搖晃得很厲害……可是沒辦法。」

放開烏鴉的大蜘蛛咬著蜘蛛絲，拖走了蜈蚣。

烏鴉也拖著受傷收不起來的翅膀，走在蜘蛛後面，被六合一把抓了起來。

一發現抓住自己的是六合的手，嵬使啞啞大叫，拚命掙扎。

「幹什麼！」

「跟在它後面就行了吧？」

六合平靜地問烏鴉，又瞥一眼蜥蜴，督促白虎。

嵬交互看著在白虎懷裡緊閉著眼睛的玄武，與六合勉強攙扶著的紅蓮，臭著臉說：

「你們神將的傷勢最好也治療一下吧？」

六合低頭看著拍振翅膀要他們前進的烏鴉。

「嵬……」

「我說過，你沒有資格叫我的名字！」

完全不掩飾仇恨頂撞六合的烏鴉，看到在六合胸前搖晃的勾玉就閉嘴了。

搞不懂這個小小的守護妖在想什麼。

六合觀察了烏鴉好一會，發現有同袍的神氣接近，轉移了視線。

「六合、白虎！」

疾馳而來的勾陣、天一看到玄武和紅蓮的模樣，驚訝得說不出話來。

4

「玄武！怎麼會這樣……？」

天一發出尖叫聲，從白虎手中接過玄武，顫抖地撫摸著他總是擺出高傲表情的稚氣臉龐。

了無生氣的臉一片慘白，全身冷得像冰一樣。

天一和勾陣是察覺同袍們回到道反聖域的神氣，感應到他們顯然受了重傷，所以從正殿飛奔而來。

勾陣倒抽一口氣，茫然地低喃著：「騰蛇……？」

她從沒見過這樣的騰蛇。

十二神將中最強、最兇猛的煉獄神將，現在遍體鱗傷，虛弱地倚靠在同袍的肩上。

「唔……」

緊閉的眼皮抖動一下，露出了金色的眼眸。失焦的眼睛四處張望，似乎在搜尋什麼，然後大大地張開了。

「昌浩……！」

甩開六合的攙扶、靠自己力量站起來的紅蓮踉蹌地轉過身去。六合驚訝得張大眼睛說：「騰蛇，你要去哪裡？」

這麼嘶啞地回答後走向千引磐石的紅蓮，被勾陣一把抓住。

「我要去把昌浩帶回來。」

「等等，騰蛇。」

「放開我……」

「我叫你等一下，你說要把昌浩帶回來，是什麼意思？」

「勾，放開我！」

金色眼眸熊熊燃燒著，從全身冒出隨感情而爆發的鬥氣，看得出他已下定決心要排除所有阻擋自己的人。

被紅蓮甩開手的勾陣瞇起眼睛對六合、白虎說：

「是不是要讓他乖乖聽話比較好？」

兩人都默默點頭。

「是嗎？我知道了。」

勾陣明白後，繞到紅蓮前面，一舉縮短距離，往他胸口打下去。

「唔啊……！」

受到冷不防的攻擊，紅蓮的身體彎成ㄑ字形，低聲哀號起來。就在他忍不住快蹲下來時，勾陣又一掌劈在他的脖子上，見他差點倒地，抓住了他的手搭在自己肩上，確認紅蓮完全屈服了，才轉向六合他們說：

「我讓他安靜下來了，接下來呢？」

「……」

現場一片沉默。

神將勾陣是兇將，在四門將中力量僅次於最強的騰蛇。不過，就種種條件、性格來看，最不講情面的或許不是騰蛇，而是勾陣。

「勾陣，我要先告訴你一件事。」

「什麼事？白虎。」

白虎的臉有點扭曲，指著紅蓮說：

「現在，騰蛇的內臟很可能被折斷的骨頭插入，情況很危險……」

勾陣卻面不改色地說：「別小看他，白虎。十二神將最強、最兇猛的稱號不是浪得虛名，如果這點傷就會要他的命，我早就丟下他不管了。」

在她失去理智，只剩下赤裸裸的鬥爭本能時，就是這個男人與她正面對峙，制伏了她。勾陣的眼睛閃過銳利光芒。

「他說要帶回昌浩，是什麼意思？快說明狀況。」

天一也以眼神質問著。

白虎喘口氣，指著蜘蛛前進的地方說：

「我會把來龍去脈告訴你，現在先治好騰蛇和玄武比較重要。」

大蜘蛛拖著同袍前往的地方，就是靜靜盤據在聖殿深處的「瑞碧之湖」。

蜘蛛喳噗喳噗走進清澄瀲灩的湖水，讓蜈蚣全身都浸入湖水裡，就扔下同袍，自己上來了。

「把蜥蜴也放進去。」

嵬用可以動的一邊翅膀指著湖中央，白虎便照著它的指示，把蜥蜴的龐大身體浸入湖水裡。

深度似乎深過神將們的推測，失去氣流浮力的蜥蜴無聲地往下沉，不見了蹤影。

捲起波浪往回走的蜘蛛，上岸後便抖掉全身的水。勾陣瞇起眼睛閃避飛濺的水滴，向嵬確認：「是不是把這傢伙和玄武也丟進去就對了？」

被六合與勾陣從兩旁架住的紅蓮還昏迷不醒。也難怪，因為勾陣那一拳打得毫不留情。

「是的。」

嵬點點頭，感慨萬千地眺望整個湖面。

「這裡的水有道反大神加持的石頭淨化過，大神的力量可以帶給天地萬物生命的氣息。」

沒錯，瀲瀲湖水的確散發著清靈、莊嚴的神氣。

這裡的水可以使失去靈魂的軀殼重生，治癒全身的損傷。

但是，只能彌補身體組織的部分，對消耗的體力與靈力毫無效果。

天一聽說後，滿臉疑慮地說：「我是不是該對騰蛇或玄武施行我的移身術呢？」

發生的所有事，她都聽說了。如果要跟抓走昌浩當人質的真鐵再次對峙，就必須維持戰力。

但是，被白虎駁回了。

「就算騰蛇恢復了，面對風音的軀殼，他也出不了手。現在就藉助這座湖的力量吧！」

天一猶豫地垂下眼睛，片刻後才點了點頭。

攙扶著紅蓮的勾陣與六合顧不得全身濕透，走進了湖裡。抱著玄武的天一跟在後面，走到可以浸泡兩人全身的地方。

坐在六合肩上的嵬不悅地瞇起眼睛說：

「一進入療程，就要等痊癒才會醒來，所以傷勢愈重愈花時間。」

「那正好，」勾陣瞥一眼昏迷的紅蓮說：「這傢伙只要能動就會衝出去。」

他們把紅蓮與玄武放入水中，交由守護妖們看守，就前往人界了。

風將太陰的風颳過京城，是在未時過了大半的時候。

盤坐在晴明床邊文風不動的青龍，慢慢地抬起頭來。

端坐在他旁邊的天后也移動視線，看到太陰和晴明降落在迎風飄揚的竹簾前。

兩人從外廊走上來，穿過竹簾，就遇上了青龍與天后激動的視線。

通常晴明會停下腳步，說幾句安撫他們的話。但是，現在的他完全沒有這種心情。

年輕模樣的晴明魂魄站在自己的實體前結手印，閉起了眼睛，嘴裡唸著解除的咒語，魂魄就嗖地消失了。

換成動也不動的晴明老體緩緩張開了眼睛。

眨眨眼睛、確認呼吸後，晴明突然站起來，穿上了狩衣。

「走吧！太陰。」

站在竹簾前的太陰默默轉過身去。

青龍兇悍的表情愈來愈嚇人了。

「晴明，你要去哪裡？」

他的聲音低沉得可怕，晴明卻看也不看他一眼，回說：「道反聖域。」

「要說夢話等睡著再說。」

青龍立刻駁斥，以刺人的眼神看著主人的背部。

「你連辯解都不辯解嗎？」

在青龍身旁始終保持沉默的天后也是同樣的心情。

老人背向他們，一語不發。掀開竹簾的太陰，不安地望著他。

晴明偏過頭，毅然對青龍他們說：

「我現在要爭取時間，回來後，你們要多少藉口或辯解，我都會說給你們聽。」

青龍的雙眸閃過酷烈的光芒。

「晴明……！」

怒氣像熱氣蒸騰般，從激動的青龍全身冒出來，嚇得太陰縮起了肩膀。

天后犀利的視線飛向了太陰。

「妳也一樣，太陰，妳打算什麼都不說，就把晴明大人帶去道反聖域嗎？」

她的語氣沉著，表情卻完全相反。

太陰的視線飄忽不定，像是在搜索詞彙。她求助地看著晴明，無奈現在的晴明也沒有多餘的心力回答。

他的表情沉穩到有些不自然，看得出來是傾注全力在保持平靜。

他能理解青龍與天后的心情，如果時間充裕的話，他會滿足他們的要求做說明，甚至道歉。

現在的他心情很急躁，身體卻怎麼也跟不上心的步調。

晴明緊緊握起骨瘦如柴的手，太陰發現他握起的拳頭微微顫抖著。

「晴明。」

晴明不由得驚叫一聲：「啊！」強裝鎮靜，做了個深呼吸。

「等我回來再好好跟你們交代。」他偏頭看著兩名神將說：「現在我沒辦法騰出時間給你們。」

晴明的樣子極不尋常，青龍和天后也察覺他不太對勁。

「等等，晴明，到底發生了什麼事？」

青龍詢問的語氣跟剛才有些不同了。天后也繼他之後，微微欠身說：

「晴明大人，請告訴我們，到底怎麼了？」

「我沒有那種時間，你們留在這裡保護這個家和彰子小姐。」

「晴明。」青龍站起來逼向他。

「我會邊趕路，邊傳送太陰的風，你們聽風中的訊息。」

簡短說完後，晴明就帶著太陰走出了外廊。

追上來的青龍沒抓到主人，忿忿地咂了咂舌。

高高飄上天空的神氣，瞬間就飛得很遠了，風向是朝向西方之地。

在幾乎喘不過氣來的風中，晴明緊緊咬住了嘴唇。

「昌浩……！」

這聲叫喚被狂亂的風掩蓋了。

像疾風般在空中奔馳的太陰大聲說：

「要衝囉！晴明，你還好吧？」

太陰擔心晴明的老體，晴明大聲回應，完全不輸給風聲。

「沒關係，妳飛得愈快愈好！」

飛向出雲，飛向道反聖域。

「可惡！」

青龍仰望天空，惱恨地吐出這句話。

天后用僵硬的聲音問他：「要不要去追晴明？」
青龍轉過身來，天后面向他把手心朝上，從那裡浮現出藍白色的水波球。
「雖然趕不上太陰的風，還是可以把你送去道反聖域，比你自己跑去快多了。」
天后是在暗示他，要不要去道反聖域把晴明硬拉回來。
青龍臉色鐵青，眉頭深鎖，但只咂咂舌，搖搖頭說：
「我們奉命保護這裡和彰子小姐，不能違背命令。」
「是……」
天后稍微鬆了一口氣似的點點頭，青龍瞥她一眼就隱形了。
站在原地的天后環視被狂風吹亂的室內，疲憊地嘆著氣。
道反聖域究竟發生了什麼事？
去那裡靜養的勾陣沒事吧？同袍的生命面臨死亡危機時，神將們都感應得到。
既然沒有這樣的感應，表示同袍們沒有生命危險。
她想起以前聽天空說過，道反聖域的存在是基於種種機緣。
除了守護銜接黃泉的千引磐石外，還有其他使命。
因此，那地方總是維持得那麼清淨。
天后整理著凌亂的床鋪，滿臉沉重地垂下了眼睛。

十二神將中，有四位不具備戰鬥技能，其他八位都有攻擊能力，只是有強弱差異，其中又以她的力量最弱。

所以，有事時她經常都是擔任後衛。雖然不是完全不能作戰，卻幾乎不曾單獨上過前線。

「因為我沒什麼用……」

嘆息著喃喃自語的天后，想起號稱十二神將中第二神通力的好友的身影。

她應該沒有生命危險。但是如果發生了不尋常的事，她一定會帶頭行動吧！

「偶爾……」天后滿臉愁容，緊握雙手說：「偶爾也替等待的人想想嘛！」

只能默默等待的人，有時心痛會遠勝過受傷的疼痛。

太陰颳起的狂風，把憑几吹得發出巨響倒地。

彰子聽到聲音，不知道發生了什麼事，擔心地問：

「晴明大人？您怎麼樣了？」

裡面沒有回應，疑惑的彰子悄悄拉開木門往房裡瞧。

她環視被風吹得亂七八糟的室內，發現床鋪上是空的。

「晴明大人呢？」

端坐在床鋪前的天后沉默地回頭看著她。

那種氣氛讓她不敢再問什麼，就那樣拉上了木門。

回到自己房間，在竹簾前坐下來，她深深嘆了口氣。

有太多自己不知道的事。大家都認為她不必知道，所以沒有人會告訴她。但是，如果在不知情的狀態下發生了什麼事，自己能保持平靜嗎？

胸口壅塞著小小的不安。

她聽見了聲音，昌浩的聲音，呼喚自己的聲音。

明知是自己的錯覺，卻怎麼樣都會往壞處想。

「真希望可以跟晴明大人談談……」

不知道他去哪裡了，好像在自己不知道的時候出門了。什麼時候才會回來呢？如果問神將，會不會得到答案呢？

沉思中的彰子，突然聽到活潑開朗的叫聲。

「小姐！」

「小姐！」

是她熟悉的聲音，她趕緊掀起了竹簾。

還是豔陽高照的時刻，小妖們卻已經在牆外蹦蹦跳著了。

「小姐！喂，小姐！」
先是猿鬼高高跳起來，接著是獨角鬼蹦蹦跳起來大叫：「呃，那個……」
換龍鬼取代掉下去的獨角鬼，跳上來說：「讓我們進去吧！」
彰子張大了眼睛。
「咦……」
她不由得四處張望。這種時候，通常會有跟在附近的神將現身，今天卻一個都沒有。
她不知道可不可以擅自答應它們，又不由得東張西望。
「啊，呃……怎麼辦呢？」
小妖們發現彰子真的很困惑的樣子，停止跳躍，湊在一起商量。
「怎麼辦呢？」
「如果小姐擅自決定而挨罵也太可憐了。」
「嗯、嗯……啊！不然請小姐出來見我們吧？」
猿鬼和獨角鬼都拍手贊成龍鬼的提議。
「就這樣！」
「你真聰明！」

這麼說定後，猿鬼又高高跳了起來。

「那麼……」

「一下子就好。」

「走到門這邊吧！」

彰子向它們望去，三隻小妖一起跳起來用力揮著手。

走到門那邊？

「應該可以吧？」

安倍家四周有肉眼看不見的結界。昨天來歷不明的妖獸湧現京城，昌浩再三叮嚀過她，在原因確定之前，沒有神將的陪伴絕對不能外出。但是，在結界內應該不會有什麼危險。

沉思中，有神氣降落在彰子身旁。

「怎麼了？彰子。」

視線位置比彰子高的淡金色眼睛沉穩地俯瞰著彰子。

「啊！朱雀，我想……」

她轉達了小妖們說的話，朱雀環抱雙臂思考了一會說：

「在結界內應該沒問題吧！我也會隱形待在附近。」

彰子鬆口氣笑著說：「謝謝。」

不能讓小妖們等太久。彰子從外廊走向庭院，沿著圍牆快步走向大門。從屋內穿出去也行，但是這樣會被露樹發現。

被發現應該也沒關係，可是，露樹雖是陰陽師的妻子，卻跟妖魔鬼怪完全無緣，所以彰子會有點困擾，不知該怎麼向露樹說明小妖找她出去的事。

從南邊庭院穿過籬笆，旁邊就是大門了。

彰子在那裡停下來，尋找隱形的朱雀。

「朱雀，呃……」

《怎麼了？》

「我想既然有你在，我應該可以走出門外吧？都走到這裡了，而且，我也想見見車之輔……」

因為發生太多事，她很久沒去市場，也很久沒問候車之輔了。這些日子，她太過勞累就會發燒，不得不躺在床上休息，別說外出，連庭院都很久沒去了。

朱雀沉默了好一會，大概是顧慮到彰子的心情，就答應她了。

彰子開心得眼睛閃閃發亮，向他道謝後就推開了緊閉的大門。

「啊！小姐。」

「來了、來了。」

「小姐，不好意思，麻煩妳走到這裡。」

三隻並排等在門前的小妖，你一言我一語地說。

「不麻煩，沒關係，你們找我有什麼事呢？」

彰子關上門，蹲在小妖們前面，小妖們都瞪大了眼睛。

「咦？小姐，妳可以出來嗎？」

「聽孫子說，小姐的身體還不太好……」

「不用披上外套嗎？」

被龍鬼這麼一說，彰子才想到沒披外套。

「啊……嗯，出來一下而已，應該沒關係。」

微微低著頭說話的彰子，頭髮在地面上摩擦。猿鬼看到了，幫她從髮尾把頭髮舉起來。

「謝謝你，猿鬼。」

「沒什麼，不用謝我。」

有點得意地挺起胸膛的猿鬼，模樣很可笑，彰子抿嘴笑了起來。

很久沒看到彰子的笑容，獨角鬼和龍鬼都很開心。

「昨天我們遇到危險時，是晴明救了我們。」

「所以我們想平常受他照顧那麼多，是不是該謝謝他。」

「可是我們是善良的一般妖怪，不知道像晴明這種屬於半妖怪的人類喜歡什麼。」

邊嗯嗯點頭，邊聽著小妖說話的彰子，煩惱著該不該對「善良的一般妖怪」這句話提出異議。但是小妖們好像不是開玩笑，說得很認真，所以她就不提了。

幫她舉著頭髮的猿鬼一本正經地說：「雖然我們常說這說那，其實我們都很喜歡晴明和昌浩，所以要送就要送他們會開心的東西。」

看到彰子目不轉睛地盯著它們，猿鬼趕緊又補上一句：

「啊！可是不要把我們說的話告訴晴明或昌浩哦！」

「咦，不能說嗎？」

小妖們說的並不是什麼壞話，就算說了，應該也不會惹惱晴明他們，或是讓他們不開心。

可是小妖們卻急得手足無措。

「不能！」

「沒、沒錯，小姐。」

「絕對不能說哦！」

看著慌慌張張說個不停的小妖們，彰子笑著點點頭。

「既然你們這麼說……我答應你們，絕對不說。」

「嗯，不過小姐也是這個家的人……」

被昌浩和晴明逼問的話，就有可能說出來。

小妖們懷疑地把頭湊在一起，開始唧唧咕咕地商量起來，彰子樂此不疲地看著這樣的它們。

在她身旁隱形的朱雀也開心地看著這樣的彰子。

晴明的妻子若菜害怕小妖、異形、神將等所有非人類的東西，而且害怕得非常徹底。

吉昌的妻子露樹完全沒有靈視能力，不過，嫁到可以說是非人魔境的安倍家，當然是抱定了某種決心。雖然對不曾見過的妖魔只有一般人的感覺，但是，對晴明使用的紙式或式神的存在卻有一定程度的認知，所以很自然就接納了。

至於彰子，朱雀知道成親正在為她做種種安排。這個毫不害怕、可以沉著地對著小妖們笑的女孩，今後會怎麼樣陪在昌浩身旁呢？

有時，就算沒人說什麼，彰子也能靠直覺感應到昌浩的危機。可能是因為她有優秀的靈視力吧！這方面的才能特別顯著。

昌浩下定決心去討伐屍鬼，前往出雲的那天早上，露樹和吉昌什麼也沒察覺。也因為沒有察覺，才能那麼平靜地送走昌浩，然後過著一如往昔的日常生活。朱雀一直待在晴明身旁，所以知道那件事。

昌浩是個一根腸子通到底的人，所有事都會寫在臉上，即使想隱瞞什麼，也會很快就被識破。那時候，他卻把事情埋藏在心底，徹底隱瞞了父母。由此可見，昌浩下定了多大的決心。

然而，朱雀還是不禁要想，在昌浩面臨危機時會無意識地感應到的彰子，與什麼都不知道的露樹，哪個比較幸福呢？

在遙遠西方出雲的道反聖域，有事發生了。

奉高龗神之命先去出雲探查狀況的晴明，還不來及向神稟報所見所聞，就又趕去出雲了。什麼都不必問，從他的行動，就知道出了大事。

朱雀握緊拳頭，咬住嘴唇。

如果可以像風將那樣在空中翱翔，就能馬上趕到晴明身旁了。

「啊，就這樣吧！小姐。」

小妖們的聲音把朱雀的思緒拉回了現實。

猿鬼、獨角鬼和龍鬼三隻小妖，對著傾聽它們說話的彰子舉起了右手。

「如果違背約定，過年就要給我們糯米餅。」

「而且不只明年，大後年、大大後年、大大大後年也都要給。」

「只要小姐在這裡，就要一直給。」

三隻小妖一起點著頭，齊聲對張大眼睛的彰子說：

「在小姐活著期間，都要一直、一直給我們糯米餅！」

得意忘形地說完後，它們突然竊竊笑了起來。

「所以，要給我們糯米餅的話……告訴晴明和昌浩也沒關係。」

因為那畢竟是小妖們不太能說出口的真心話。

彰子在心中重複小妖們說的話。

明年、後年、大後年、大大後年、大大大後年。

待在這裡期間，永遠。

活著期間，永遠。

「說得也是……」彰子深深笑著，咬緊牙關般喃喃地說：「那麼，得學會做法才行。」

小妖們嘰嘰喳喳地喧譁起來。

「哦，小姐打算違背約定呢！」

「那就要給糯米餅啦！」

「每年給糯米餅。」

彰子看著跳來跳去的小妖們，眼神溫柔得就像春天從樹縫間灑落下來的陽光。

朱雀腦裡閃過昌浩的身影。

那個因為怎麼樣都無法消除彰子的詛咒而垂頭喪氣的身影。他還說，其實只要他願意，早就能拔除會折磨彰子一輩子的根源了。

思緒已經飄到遙遠西方的朱雀，閉起了眼睛。

放心吧！昌浩。

你的選擇絕對不會錯。

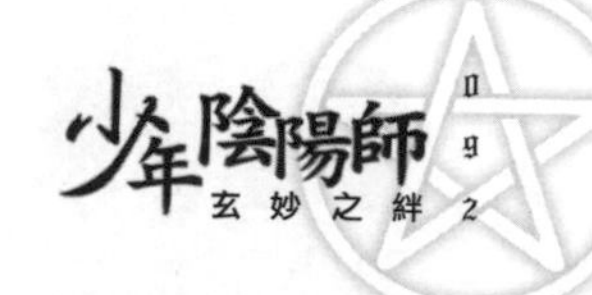

5

從京城回到出雲的晴明，跟太陰再度到達道反聖域時，已經是全世界黑漫漫一片的三更半夜了。

進入出雲後開始下的雨彷彿有自我意志般傾瀉而下，阻撓著他們，太陰不得不使盡全力驅策著風奔馳。

神通力持續使用，就會大量消耗。到達道反時，太陰已經筋疲力盡到快站不穩了。

一進入通往千引磐石的隧道，太陰的風就戛然靜止了。

「對、對不起，晴明。」

癱坐下來的太陰，不停地喘著氣。

「我到極限了……你先走，我隨後趕上……」

「傻瓜。」

晴明的語調與這句話的意思正好相反，他一把抱起了太陰。

「晴明？」

「我還可以輕易抱起妳，以前我常常這樣抱著昌浩。」

太陰沮喪地垂下頭，乖乖讓晴明抱著她。

年老的身體沒辦法走太快，要使用離魂術也必須先進入聖域。

每前進一步，晴明的眼神就愈焦慮，太陰試著緩和晴明的心情。

「可是、可是，晴明，都過這麼久了，說不定勾陣他們已經找到昌浩了。」

「是啊！」

「還有，說不定道反聖域被奪走的咒具也找回來了。」

「是啊！」

「可能也已經找出操縱那些魑魅的傢伙，事情全都解決了……」

「嗯……」晴明點頭微笑著說：「是啊……說不定……」

「……所以……」

看著不停地點頭聽自己說話的晴明，太陰的眼睛不禁熱了起來。

這些話根本安慰不了人，然而比自己更難過的晴明，卻強裝出沒事的樣子，反過來關心自己。

太陰努力壓抑湧上心頭的情感，儘管外表像個孩子，她終究還是神將。

緊緊抓住晴明肩膀的她閉上眼睛祈禱。

「不會有事的……因為昌浩是你的孫子。」

他是安倍晴明——被十二神將認定為唯一主人的男人——所指定的唯一接班人。
只要他的星座綻放著沒被任何東西侵犯的光芒，就不會在這種時候殞落。
心願與祈禱是勝過一切的力量。
到達莊嚴聳立的千引磐石前，晴明用手觸摸磐石表面，有輕微的超越次元的感覺，
一回神，他跟太陰就進入道反聖域了。
似乎是因為有大神的許可，所以他們可以無條件地進出。
從人界無法窺視的聖域內部，有幾道神將的神氣散佈各處。
「這是怎麼回事？」
兩道熟悉的神氣正停滯在聖殿深處附近，但是非常微弱，一不注意就會錯過。
太陰也覺得很訝異。
她疑惑地皺起眉頭，屏氣凝神確認那到底是不是同袍的神氣。
女巫居住的正殿也有神將的氣息，這邊比較強烈。
「是天一？」
晴明低喃著往正殿走去。
走沒多遠，就看到天一快步往這裡跑來。
「晴明，我沒事了，放我下來。」

在晴明和太陰前停下來的天一像是猶豫著該怎麼說，好幾次開口都欲言又止。

看到她這副樣子，晴明就知道怎麼回事了。

「晴明大人……」

天一終於下定決心要說時，晴明舉起一隻手制止她，環視周遭說：

「紅蓮和玄武的神氣變得很微弱，是不是他們的情況……」

「不，不是的。騰蛇正在道反大神的加護下做沉睡療癒。」

聽說他們跟受重傷的道反守護妖一起沉入了瑞碧之湖，晴明才放鬆了緊繃的神經。

這樣就可以稍微放心了。既然療癒結束才會醒來，那麼紅蓮莽撞行事的機率也會相對降低。

只要扯上昌浩，那傢伙就會奮不顧身。

「天一，六合呢？」

白虎的身體，晴明已經幫他復元了，所以不必擔心。但是，剛才提到的瑞碧之湖中並沒有六合的神氣。六合受的傷也不輕，逞強會造成身體的反撲。

被太陰這麼一問，天一面有難色地嘆了口氣。

「我阻攔過他……他還是堅持去山中找昌浩。」

從早上開始下的雨完全沒有減弱的趨勢，而且愈下愈大。時間拖久了，所有線索都

會被沖走，再也找不到蛛絲馬跡。

勾陣、白虎與六合應該正在山中到處奔馳，搜尋真鐵的行蹤。但是待在聖域內，完全接收不到人界的訊息，所以天一無法掌握同袍們現在的位置。

臉色蒼白的晴明強裝鎮靜，對擔心他的天一說：

「我見過女巫後就出去找他們。」

這世上恐怕沒有人阻擋得了現在的晴明吧！

天一無力地咬住嘴唇，默默點點頭。

✦ ✦ ✦

茂由良抬頭看著給地上帶來豪雨的黑雲，興奮得不能自已。

「最好再下久一點。」

對他們來說，這是及時雨。

黑雲中不時有紅色螢火蟲飛舞著。

「啊……！」

茂由良甩甩耳朵和尾巴，轉過身去。

「珂……」

母親嚴厲的眼神映入眼簾，茂由良趕緊把話吞了下去。

紅毛妖狼盯著轉過來後全身僵硬的兒子，刻意地深深嘆了一口大氣。

「茂由良，你坐下。」

真赭坐在全身冒冷汗、後腳彎曲坐定不動的茂由良前面，開始苦口婆心地教訓它。

「聽著，茂由良，你是追隨大王的人，切記今後不可以再用那麼隨便的語氣跟大王說話。」

茂由良把尾巴夾在兩腳之間，全身縮成一團，戰戰兢兢地說：

「可、可是……珂……大王說沒關係……」

「我是叫你要有分際，不管大王怎麼說，我們跟真鐵都只是臣下。」

真赭嚴厲囑咐，茂由良抬眼盯著她，把「可是」兩個字埋在心底。

那麼稱呼的話，大王珂神就會顯得有點寂寞。

真鐵和多由良也知道，卻從來沒有違背過君臣應有的禮儀。

當大王是多麼寂寞啊！如果當王就得這樣，他應該不要當王，把祭祀荒魂的責任拋在某處，像以前一樣過日子。

但是若這麼說，恐怕會讓真鐵、多由良和真赭，甚至珂神都覺得困擾。

因此，茂由良什麼都沒說。但又覺得那樣太淒涼，所以不管被罵幾次，它還是會偷偷叫大王「珂神」。

邊聽雨聲，邊聽母親斥責的茂由良，忽然抬起頭訝異地搜索氣息。

「母親，大王去哪裡了？」

「咦？」

雨會掩蓋人的氣息，更別說這是場特別的雨，注入了荒魂的力量。

它們急得到處找，卻怎麼也找不到。

剛才應該是在做水占卜，只留下了裝滿清水的水盤。

那裡還殘留著大王的微弱氣息，水面映著人影。

「母親，這女孩是？」

茂由良偏頭看著的水面上，映著三隻小妖和一個女孩。

那女孩還是個孩子，留著一頭烏黑長髮，白皙的臉看起來很溫柔。

「這是荒魂的祭品，是把被喚醒的荒魂牢牢留在這世上的楔子。」

透過魑魅的眼睛傳來的影像突然晃動一下，瞬間浮現出道反公主與灰黑妖狼的身影，但轉眼間就消失了。

只稍微瞥見的真鐵臉龐似乎痛苦地扭曲著。

「不會吧……」

茂由良不安地望向真赭，看到母親緊繃的臉，不由得焦躁起來。

紅毛妖狼眺望著遠處煙雨濛濛的山野。

「他擔心還沒回來的真鐵，所以在大雨中，一個人……」

不停抖動著灰白毛的茂由良，茫然地仰望著烏雲密佈的天空。

出雲山中，到處都是跟他們水火不容的比古以及道反的守護妖們，萬一遇上這些傢伙……

茂由良東張西望，愈來愈不安，真赭卻跟它相反，漸漸恢復了冷靜。

它用前腳挖土，堆成一座小山，再掬起水盤裡的水灑在小山上，往小山吹氣。

「魑魅——」

土堆呼應狼的言靈，逐漸隆起，成為從黑暗剪裁下來般的黑色猛禽形狀。

真赭對大大張開雙翼飛起來的魑魅嚴厲地下達命令：

「去找真鐵和多由良，向他們報告這件事！」

猛禽發出淒厲的叫聲，消失在雨中。

「母親，我也去。」

茂由良不等轉向它的真赭回應就衝了出去。

「我去找他！」

＊　＊　＊

道反女巫瞥見前來正殿的晴明，微微瞪大了眼睛。

「怎麼了？女巫。」

看到晴明滿臉疑惑，女巫趕緊為自己的失態道歉。

「對不起，待在聖域不太有感覺。」女巫浮現淡淡的苦笑，又平靜地接著說：「看來人界的時間流逝比我想像中快很多呢……」

晴明終於聽懂了怎麼回事，無奈地露出了苦笑。

「不，是我嚇到妳了，對不起。」

「別這麼說。」

女巫搖搖頭，把視線轉向停在床邊椅背上的烏鴉。

「嵬，把東西拿來。」

烏鴉低鳴幾聲後，拍拍翅膀從對開的窗戶飛出去了。

過了一會，烏鴉又啣著東西回來了。

女巫在床上坐起來，烏鴉停在她旁邊，恭敬地把啣來的東西遞給了她。
放在女巫手上的是青綠色的碧玉，跟道反女巫為失去靈視力的昌浩所準備的丸玉是同樣的東西，只是形狀不一樣。
「這是沉在瑞碧之湖底下的石頭，可以恢復耗損的體力。」
是具體呈現道反大神力量的東西。
將碧玉交給晴明後，女巫瞇起眼睛說：
「以那種年輕姿態出現，會對本體造成負擔吧？這東西也許幫助不大，但請你帶在身上。」
「女巫……！」
突如其來的建議，讓晴明啞然失言。
看著毫不掩飾驚訝的晴明，道反女巫突然滿臉愁容地低下了頭。
「女巫?!怎麼了？女巫！」
低下頭的女巫，微微抖動著纖細的肩膀，好像強忍著什麼。
心疼的天一在床邊蹲下來，握住女巫的手說：
「女巫，妳怎麼了？如果是我們做錯了什麼，請儘管告訴我們。」
聽到神將親切的話，道反女巫趕緊搖頭說：

「不，沒那種事。」

「那麼……」

女巫看一眼困惑的晴明，用顫抖的聲音說：

「是我……是我害昌浩發生了不可挽回的事……」

大家終於知道女巫為什麼如此痛心了。

道反大神為消弭降臨道反聖域的災禍，求助於人類的孩子。神將們因此受傷，被抓走的昌浩也下落不明。

昌浩的傷勢有多嚴重，嵬都告訴她了。那孩子只是一般人，卻身負那樣的重傷，落入了敵人之手。

攻擊這裡的敵人，可以自由操縱魑魅。

「搶走咒具、帶走昌浩的人，對大津神和祭祀天津神的人們有很深的仇恨。萬一昌浩有什麼不測，我……」

嵬拚命對再也說不出話來的女巫說：

「不、不，女巫，那孩子有大神給他的丸玉。有了大神的加護，絕對不會發生什麼不測。」

「而且，」嵬用開朗的聲音繼續安慰女巫，「在這出雲山中，還有選擇不追隨任何

人，因此換來自由的「山之比古」，那些壞人也不敢對他們怎麼樣。」
沉默許久的太陰拉拉晴明的袖子。晴明對她投以詢問的眼神，她壓低聲音說：
「什麼是山之比古？你知道嗎？晴明。」
「我也不是很清楚……」
比古是比古神的簡稱，比古神是男神。
但是在出雲，整體意義不太一樣。
晴明記得，是指在出雲山中偶爾可見的無名之神，以及祭祀這個神明的人們。這個國家有八百萬神明，那些是與天津神完全不同體系的國津神②。
其中有很多神明選擇淹沒在時間的洪流中，不曾在傳述的神話中出現過。而祭祀這些神明的人們，也從枱面上消失，悄悄生活著。
他們隱藏了真正的名字。所謂「比古」，是神的名字、是種族的稱呼，也是每一個人的名字。
道反大神是天津神，但是在這裡負責隔絕黃泉與人界的重大任務，所以比古對祂比較有好感。
「比古們要是知道他身上有大神的丸玉，就不會坐視不管。如果他被囚禁了，我們就要追出他的下落，隨時備戰……」

嵬發現女巫正疑惑地看著自己，聲音不由得緊張起來。

「……搶走咒具的人，絕對是追隨出雲祭祀王的人。那個叫真鐵的人……」

說到這裡，嵬停頓下來，抖了抖翅膀。

「那個搶走公主身體的歹徒說，自己是追隨這片土地真正大王的人。」

天一趕緊扶住一陣暈眩差點昏倒的女巫。

「女巫，妳還是休息吧……」

女巫無力地對憂心的天一點點頭，接著額頭說：

「把你們捲入這地方的紛爭……真的很抱歉……」

受到嚴重打擊，女巫連聲音都出不來了。晴明緩緩走向她，接過她手中的出雲石。

「真的非常謝謝妳。」

女巫訝異地抬起頭，難以置信地看著晴明毫無責怪之意的沉著眼睛。

晴明抿嘴一笑說：「人都有所謂的星宿，我和昌浩的星宿也許比其他人稍微波濤洶湧吧！會來這裡，接受大神的委託，都是那小子自己的決定，怎麼可以責怪女巫呢？」

晴明握著出雲石，感覺到那股波動，又接著說：「昌浩的星宿和天命都顯示不會在這裡結束。儘管現在下落不明，但我相信他還活著，而且平安無事。」

道反女巫認識的晴明是二十多歲的年輕人，但是就在她被智鋪宮司抓走，沉睡在凍

結的冰裡時，年輕人經歷種種困境，成為成熟的老人了。

跟年輕時候比起來，力量可能有些衰退了。使用離魂術，只以魂魄出現，也比不上二十多歲時卓絕的力量。

然而，時間累積下來的所有一切，用來彌補晴明的老去還綽綽有餘。

晴明又重複一次：

「放心吧！昌浩那小子是我晴明獨一無二的接班人……」

天一和太陰默默聽著晴明平靜的話。

其實，這句話不是說給女巫聽的，而是比誰都想這麼相信的晴明用來祈禱的言靈，只有跟隨他的十二神將看透了他的心。

黑夜裡，只聽見雨聲。

正在出雲國與伯耆國的國境③附近奔馳的勾陣，發覺上空有同袍的神氣，停下腳步。

乘風而來的白虎看見勾陣就飛下來了，兩人都淋成了落湯雞。

「白虎。」

十二神將在黑夜中，也跟白天一樣可以看清楚整個世界。

白虎隨手撥開被淋濕而掉下來的頭髮，不耐煩地皺起了眉頭。
「雨還下不停呢！」
「何不用你的風把雲吹走？」
聽到勾陣這麼說，白虎立刻露出一張苦瓜臉。
「完全吹不動。」
半開玩笑的勾陣沒想到他真的試過，驚訝得眨了眨眼睛。
勾陣看著黑雲，眼神變得嚴肅。
「身體被雨淋得好沉重……如果雨勢減弱，情況多少會好些……」
勾陣語帶嘆息，白虎挑起單邊眉毛說：
「喂，妳還好吧？妳的身體還沒完全復元呢！」
勾陣舉起一隻手表示「我知道了」，制止白虎繼續說下去，然後撥開貼在臉上的頭髮，拱起了肩膀。
「不用擔心我啦……你們一個個都很愛小題大作。」
「勾陣，妳偶爾也想想自己差點死掉的事嘛！那時候天后和太陰都擔心得臉色鐵青呢！」
「我知道。」

「妳不像知道的樣子。」

「我覺得你很不相信我哦……」

勾陣不悅地嘟囔著，想到又多了一個囉唆的人，不禁嘆了口氣。她只是想趁紅蓮那傢伙還泡在聖域之湖時，多蒐集一些線索。

她看看周遭說：「白虎。」

「幹嘛？」

白虎察覺她的語氣變得有些嚴肅，目不轉睛地盯著她。

「你想真鐵跟狼現在還帶著昌浩嗎？」

「……」

白虎沉默以對，勾陣又接著說：

「換了是我……爭取到逃亡距離，就會放掉人質。帶著已經動彈不得的人質，沒什麼好處。」

憂慮的神色在白虎臉上擴散開來。勾陣說得沒錯，已經過了大半天，真鐵不太可能還帶著昌浩。她勉強用了「放掉」這個動詞，事實上情況可能更糟糕。

只聽見雨聲。

毫不留情地打在身上的雨剝奪了神將們的體溫。飄散全身的倦怠感，要歸咎於什麼

都不做也會消磨體力的這場雨。

「我要你老實告訴我。」

低沉的聲音讓白虎屏住了呼吸。黑曜石般的雙眸泛起不曾有過的嚴肅神色。

「以昌浩的傷勢，如果被拋在這樣的雨中，是不是熬得過去？」

沉默、沒有回應，這就是白虎給勾陣的答案。

願望不等於事實。而勾陣要的不是願望，是事實。

深深的嘆息被雨聲掩蓋了。她像想拋開一切似的甩甩頭，仰望天空。

沒有任何線索，只能確定真鐵和多由良是往道反南邊逃走了。

他們來自何方？要往哪裡去？

目的是搶奪封存在道反聖域裡的咒具。那麼，又是為了什麼？

依勾陣推測，搶走風音的身體，應該是臨時起意。

就像是「撿到了意想不到的東西」。

這片土地的真正大王是什麼人？

真鐵他們究竟藏身何處？

勾陣等人連他們來自哪裡、要往哪裡去都不知道，這樣的局勢對他們來說相當不利。

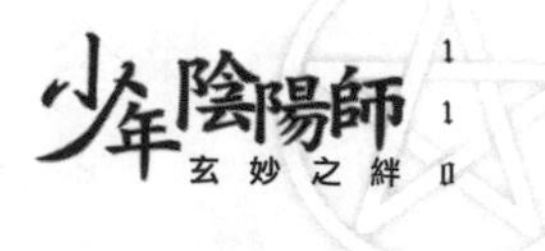

「都是我們不知道的事，從道反聖域被搶走的咒具到底是什麼？我們是不是該問女巫呢……咦？」

豎起耳朵的勾陣，聽到雨聲外似乎有其他流水聲。

「……河川……？」

水位因為這場雨漲高了吧？聽到的是轟隆隆的巨響。

「啊！那是簸川的源頭，我從上面看過，已經成了濁流。」

聽到勾陣的低喃，白虎這麼回答。勾陣點點頭說這樣啊，瞬間屏住了氣息。

白虎發現她不對勁，疑惑地瞇起眼睛，片刻後又大大張開來。

兩人默默往前奔馳。

有氣息！終於發現道反風音的力量了！

轟轟流水聲愈來愈清楚了。

以神腳疾馳的勾陣從樹林縫隙飛奔出去。腳下是一片岩石地，變成濁流的河川將石頭與樹枝沖刷而下。

跨坐在多由良背上的真鐵就在其中一塊岩石上。

在完全漆黑中淋著傾盆大雨的真鐵露出冷酷的笑容，手上握著鋼劍。

真鐵與妖狼都發現了兩名現身的神將。撇開妖狼不說，真鐵應該是有洞穿黑暗的能

力，或是借用了風音的靈力。

勾陣站定不動，凝視著許久不見的風音。

她沒有跟風音正式交過手。第一次見到的風音，是遭怪物襲擊瀕臨死亡、倒地不起的模樣。被六合抱起後，還拚命指著他們非去不可的方向。

不過，她現在才知道，內在靈魂不同，感覺竟然會差這麼多。

她邊拔出一把筆架叉迎戰，邊小聲對白虎說：

「我來對付他，你對付那匹狼。」

十二神將不能傷害人類。被這樣的天條束縛住，就很難制伏真鐵。

「無論如何我都會讓他說出昌浩的下落。」

勾陣說的話隨風傳來，真鐵聽見後皺起了眉頭。

「真敢說大話呢！」

「那麼，就讓她再也說不了大話。」

「你說得沒錯。」

真鐵這麼回應狼，翹起嘴角。瞬間，以神腳縮短距離衝到真鐵胸前的勾陣，將反手而握的筆架叉斜斜往上揮。

真鐵與妖狼彈開雨水向後退。白虎早算準位置，立刻放出真空氣旋。

大岩石霹唏被劈開。多由良和真鐵從被挖成大洞的岩石跳起來，各自跳往不同的方向。

勾陣去追殺狼，真鐵卻無聲地降落在她眼前，剎那間用鋼劍彈開了她揮出來的刀刃。

「妳以為妳這種能耐抓得到我們嗎？」

真鐵嘲笑地說。怒火中燒的勾陣抬起小腿往他腹部撞擊。來不及閃避的真鐵，倒地翻滾後又跳起來。

勾陣倒抽一口氣，露出自責的表情。

「糟糕……」

身體無意識地發動了攻擊，但是，那是風音的軀殼，可不能傷到她。風音和靈魂深入軀殼的真鐵，都屬於人類，十二神將不能使出全力對付他們。

如果像那個怪和尚承按，本來是人類後來變成怪物，就好對付了。

真鐵重新擺好架式，兇狠地瞪著勾陣。

「妳跟那些協助守護妖們的礙眼異形是同類？」

黑曜石般的雙眸黑光閃閃。

「既然是阻礙我們的壁壘……想擋住我們的去路，就格殺勿論！」

真鐵的劍橫掃過來，被勾陣的筆架叉擋開，兩人就這樣刀劍交鋒地廝殺起來，彼此都不退讓。

「真鐵！」

多由良想過來幫忙，但是受到白虎的真空氣旋攻擊，退後了幾步。身體機能比一般狼優越的灰黑色野獸在半空中旋轉著地後，立刻撲向了白虎。如疾風般逼近的利牙，被肌肉結實的手臂擊飛出去。在十二神將中身體最壯碩的白虎，又使出渾身力量在妖狼的側腹部踹了一腳。

真鐵的眼角餘光看到多由良嗚嗚慘叫著被踢飛出去，驚慌地大叫：

「多由良！」

妖狼摔在岩石地上，被沖入轟隆巨響的濁流裡。

「多由良！你竟敢……！」

真鐵憤怒的雙眼瞪著把狼打落河裡的白虎。

怒氣從纖細的肢體裊裊升騰，產生強烈的靈爆，襲向勾陣和白虎。

因為距離太近，勾陣被打個正著。她很快交叉雙手抵擋，但光是這樣的防禦根本抵擋不住真鐵的力量。淒厲的爆風與隨後遍及全身的靈壓，把神將們壓得跪了下來。

「唔……！」

勾陣邊拚命抵擋幾乎讓人粉身碎骨的重壓，邊狠狠瞪著真鐵。

骨頭嘎吱嘎吱作響。原來十二神將中最強的騰蛇，就是被這股力量逼入了絕境。

以靈壓捆住勾陣和白虎後，真鐵驚慌地從岩石探身往下看。

「多由良、多由良！」

狼的咆哮在雨中響起。真鐵訝異地抬起頭，看到兩呎遠的下流處有顆凸起的大岩石，灰黑色野獸正淌著泥水往上爬。

安下心來的真鐵放鬆了肩膀，冷眼望向神將們。

勾陣與真鐵的視線對上了，她絕不屈服的眼神激怒了真鐵。

道反陣營的傢伙，一個個都讓真鐵看不順眼。

勾陣膝蓋使力掙扎著站起來，強裝平靜地說：

「你把昌浩怎麼樣了？」

質問中帶著怒氣，真鐵不解地皺起了眉頭。

「就是你帶走的那個孩子。」

真鐵微微張大了眼睛，抿嘴一笑。如果什麼都不知道，那是個恬靜優美的笑容。

「啊！妳是說他呀……」

真鐵的視線瞥過水面。

勾陣和白虎的背脊都掠過一陣寒顫。

「你總不會……把他……」

把昌浩扔進了因雨水暴漲的濁流裡？

「我扔了，因為礙手礙腳。」

勾陣和白虎的眼神瞬間凍結。受重傷而失血過多的他被扔進這樣的急流裡，能活下來嗎？人類可能嗎？不可能。

「原來你們在找他啊！白費力氣。」

多由良回到了喃喃說著的真鐵腳邊，雨水沖去了它身上的泥水，從毛淌下來的水逐漸變得透明。

撫摸著野獸頭部的真鐵，揮起手上的鋼劍。帶著靈力的劍尖一閃，風之刃就砍向了神將們。

血沫四濺，從傷口噴出來的鮮血，瞬間就被豪雨沖刷乾淨了，但是傷口比想像深，止不住的血很快又把勾陣的肌膚染成斑駁的淡紅色。

勾陣屏住呼吸。

攻擊的機會恐怕只有一次，這是現在的自己最大的極限。

對方曾經擊敗騰蛇，自己不可能贏得了。

她偷窺一下身後的白虎，確定他雖然受了傷，但還不到無法行動的程度。剛才的風擊，主要是針對自己而非白虎。

這樣下去，她和白虎都會沒命。但是，只要一方在瞬間承受所有攻擊，另一方就有可能逃離現場。

以速度來說，風將白虎比勾陣快。

《白虎，你先走，去通知晴明。》

《可是……》

《不管機會多渺茫，昌浩身上畢竟流著天狐的血。》

現在只能在這一點下賭注了。天狐之血曾多次把昌浩逼入險境，但是在危急之際，那血脈必會保護昌浩的生命。要不然，昌浩早就死了。

《我來爭取時間，你快走！》

她以只有同袍聽得見的心話術下令後，立刻釋放出最大神氣。

真鐵的靈壓被彈開來，反作用力引發爆炸，響起的爆音形成波動漩渦。

白虎的神氣在風的纏繞下高高飛上天際，當真鐵驚覺而猛然抬起頭時，勾陣乘機衝到他面前。

但是，被由多良察覺，咬住了她的左手。被用力拖開的她，手臂從肩膀以下痛得快

斷裂了。關節被硬生生拗折，她強撐著把慘叫聲吞下肚。

被打趴的勾陣，聽到踩在自己背上的妖狼在她耳邊呢喃細語。

「唔……！」

「妳也是最好的祭品。」

多由良抬頭看看真鐵，又瞥了河川一眼說：

「要把荒魂留在這世上，光道反公主不夠吧？把這個首級帶回去，是不是多少可以幫上祭祀王的忙呢？」

荒魂、祭品，還有祭祀王。

勾陣邊在心中複誦，邊狠狠瞪著妖狼。

「我不會讓你得逞。」

「哦？」

毫不掩飾嘲諷的多由良故意放鬆腳部力量。勾陣跳起來企圖把多由良擊飛出去，卻看到逼向自己的劍尖。

「既然這樣，就不必留著妳了。」

真鐵的劍深深嵌入右肩的骨頭下，勾陣掙扎著往後逃開，從她身體被拔出來的劍尖，又改變角度往她胸口斜揮下去。及時閃開劍尖的她用力揮起不聽使喚的右手，握緊

筆架叉彈開真鐵的劍。

腳步踉蹌的勾陣，呼吸不自然地急促起來。她的傷勢還沒有痊癒，來出雲就是為了靜養。

紅蓮那傢伙比誰都關心這件事——

勾陣瞥一眼河川，就衝了下去。

昌浩是在這條河的哪裡呢？

「別想逃！」

真鐵大聲怒吼，發動靈力攻擊。勾陣本能地以神通力築起壁壘，雖然勉強躲過了直擊，身體還是被爆風彈飛出去。

纏繞四肢的雨水好重，就像捆綁著她的手腳，阻礙她反擊。

「這場雨……」

雨水裡微微潛藏著可怕的妖氣。雨下得愈久，纏繞全身的倦怠感就愈重，呼吸也愈來愈困難。

雨聲中摻雜著什麼東西爆開的聲音。

從真鐵指尖爆出來的火花，映入勾陣頭往下栽的視野裡。

在半空中怎麼樣也逃不了。

真鐵鎖定再好不過的目標，從伸直的指尖爆出亮光。

剎那間，形狀曲折的光線細刃就刺進了勾陣的腹部。

衝擊留在體內，腰部接著爆裂了。

「……唔……！」

鮮血、肉片四濺，她的肢體就那樣被急流吞噬了。

小怪的陰陽講座

②國津神指一般老百姓所信仰的神明。

③日本古代的行政區分為國、郡、里。國的國司由朝廷派遣，郡的郡司是世襲的地方官，里由當地村落的有力人士擔任里長，五十戶為一里。

6

為了追捕落入急流的勾陣，給她致命的一擊，真鐵和多由良沿著河川而下。

妖狼突然停下腳步，真鐵也同時仰望漆黑的天空。

猛禽的銳利鳴叫劃破雨聲，響徹雲霄。

飛進視線前的黑鳥，全身覆蓋著真赭的妖力。

「是魑魅……」

停在疑惑的真鐵肩上的魑魅把頭靠了過來。真鐵閉上眼睛，腦裡傳來真赭的聲音。

「什麼……?!」真鐵臉色驟變。「多由良，快回山裡。」

「怎麼了？」

真鐵沒有隱藏罕見的焦躁表情，急迫地告訴滿臉疑惑的狼。

「大王下山來找我們了。」

「你說什麼?!」

多由良立刻改變方向，等真鐵跳到它背上，就飛奔而去。

真鐵坐在疾行如風的多由良背上，緊咬著嘴唇。

「那個笨蛋……！」

這麼低聲咒罵後，真鐵突然按住了胸口。對真鐵的靈魂產生排斥作用的風音軀殼，反彈的力量愈來愈強了。必須在他還能控制期間，趕快把事情解決。

真鐵偏頭望向後方，黑色妖獸們便呼應他所釋放的靈氣，從土裡爬了出來。

他對追隨灰黑妖狼的野獸們嚴厲地下達命令：

「去找大王！找我們推崇的大王！」

去找這片土地真正的大王。

「去找擁有荒魂力量，能操縱自如的祭祀王！」

妖獸們一哄而散。

看著它們離去的真鐵喘口氣，拍拍多由良的背。

「真鐵？」

多由良看到真鐵蒼白的臉，倒抽了一口氣。

「真鐵，你怎麼了？」

真鐵按著胸口，呼吸急促地看著河面，對大驚失色停下腳步的多由良說：

「去追那個女人。」

多由良知道他說的是落入河裡的勾陣，滿臉疑惑地看著他。

「可是，大王……一定正在找我們。萬一遇上在附近徘徊的守護妖或那個異形的同伴……」

秀麗的臉龐已經痛苦得扭曲變形的真鐵，又對喋喋不休的多由良說：

「去追那個女人，多由良……我們要趁這個身體還能用時，儘可能先摧毀道反的戰力。」

灰黑狼張大了眼睛。

「軀殼內潛藏的力量，正企圖驅逐我的意志。現在還是我的意志比較強，但遲早會被驅逐出去。」

風音的軀體拒絕把力量交出來。

當她失去控制時，這麼優秀的血脈，剛好可以當成祭品獻給荒魂。但是，在那之前要物盡其用。

以真鐵和多由良原有的力量，若與協助道反的異形們交手，恐怕會陷入苦戰。

「剛才那個女人已經受傷了，但她不是人類，那樣還不會死，也封鎖不了她的行動，必須徹底殺了她。」

真鐵說得沒錯，可是，多由良還是一副下不了決心的樣子。

它心神不寧地東張西望，憂慮地沉著臉。

「你說得沒錯，可是，珂神……」

灰黑狼的話說到一半，真鐵摸摸它的頭，微微笑了起來。它應該是無意識地說出那了個名字吧？長久以來都是這麼叫，所以改變稱呼後，還是會不經意地叫出來。在真赭面前都很小心，絕不會那麼稱呼。現在會脫口而出，足以證明它非常信任真鐵。

「嗯，我的心情也跟你一樣……還有真赭、茂由良。」

多由良訝異得張大了眼睛，望向兄弟所在的那座山。原本應該聳立在黑雲與大雨前的那座山，現在完全看不見。

「不用擔心，魑魅一定會找到大王……找到珂神。所以，我們必須完成我們被賦予的使命。」

「我知道了……」

狼點點頭，又甩了甩頭，試著拋開剛才的想法。真鐵撫慰似的輕拍它的頭，它憂慮地看著真鐵。

真鐵察覺它的憂慮，微微一笑，以眼神示意它不用擔心。

多由良載著真鐵，又轉身返回了河岸。

被急流吞噬的勾陣，掙扎著浮出水面。

然而，身體卻沉重得不聽使喚。不只是因為失血和傷口，還有其他因素讓她失去了自由。

這是什麼？

纏繞身體的水，是從黑雲落下的雨水，以及匯集到這條河川、化為急流的河水，裡面似乎潛藏著什麼東西。

水愈纏愈緊，讓人產生一種錯覺，好像與生俱來的力量就要被連根拔起。

好驚人的力量。每滴雨中都只蘊涵一點點的某種東西，在降落地面匯入河川後，就在驚濤駭浪的急流中逐漸轉變成龐大的力量。

全身一陣戰慄，她很清楚這種感覺，以前也曾經有過。

來歷不明的可怕妖氣彷彿從皮膚滲入，慢慢地控制了她——

她睜開眼睛，看到河流裡有蠕動的影子，還有紅色的螢火蟲。

她的心撲通撲通跳動，那是恐懼的反應。

隨濁流漂浮的她，眼中映入紅色水流。

水流裡有股怒潮起伏蠕動，像繩子一樣細長，隨著她往前漂流，逐漸變粗。

應該被染成泥色的河水卻是紅的，像裊裊升騰的熱氣般搖擺不定，看起來就像燃燒的火焰。

背脊掠過一陣寒顫。

有個聲音在耳邊響起。

——流經黑暗的河川，紅紅地燃燒著，撕開了眼前那片黑暗……

燃燒的河川。簸川，簸川之水正紅紅地燃燒著——

警鈴在勾陣腦裡響起，警告她不能碰觸紅色的水，那是邪惡的東西。

她拚命掙扎著抗拒水流，水卻抓住她，把她拉向更深的地方。

在起伏的紅色怒潮中，她彷彿看見了紅色螢火蟲。

瞬間，好像有把銳利的刀刺穿了她的胸口。兩隻螢火蟲抓住她，想把她拖走。

「……唔！」

為了掙脫，她釋放出全身靈力。濁流上捲起水龍捲風，沖散了紅色怒潮和紅色螢火蟲，捆綁她四肢的可怕氣息也瞬間消失了。

背部下方有股灼熱感，這樣下去會呼吸困難。

她拚命撥開水，終於把頭探出了水面，但是只要一鬆懈，又會馬上被拖入水裡。

水使體溫下降，四肢不聽使喚，行動也因為失血過多變得遲鈍。

好不容易抓住從岸上凸出水面的樹枝，她使出渾身力量爬上了岸。

大雨沒有減弱的趨勢，毫不留情地打在她身上。

雖然傷口發燙、發熱，但是重要的內臟好像沒有受傷。她這才想到，蜈蚣的傷可能就是那個法術造成的。

勾陣努力靠手肘撐起身體，小心地觀察真鐵他們有沒有追上來，目前似乎還沒有那樣的動靜。

不過，那只是遲早的問題，他們說過會殺光所有協助道反的人。

白虎有沒有安全回到聖域呢？晴明是不是已經到達聖域了？

個別行動的六合，有沒有碰上真鐵呢？

「無論如何……我必須回去聖域……」

喃喃說到這裡，勾陣又搖搖頭打消了念頭。

不行，這樣回去，真鐵會追上來，必須盡量把他帶離道反聖域。

她邊將神通力注入傷口止血，邊沿著河往前走。

「那股妖氣是……」

水流中有蠢蠢欲動的妖氣。

跟在化為瓦礫的殯宮感覺到的氣息一樣。

從黑雲中落下挾帶妖氣的雨，她抬頭看著那片黑雲，茫然地喃喃唸著……

「荒神……到底是……」

還有，真鐵他們追隨的祭祀王又是什麼人？

全身被雨中妖氣纏繞，肌膚發冷而皺起眉頭的勾陣，發現真鐵和多由良的氣息正慢慢接近。

「可惡……！」

真鐵的靈力從上游逐漸逼近，她咂咂舌，開始沿著河往下游跑。

被真鐵擊傷的神將六合，帶著傷在出雲山中四處奔走，尋找昌浩。

唯一的線索是真鐵逃走的方向，只能搜尋昌浩的靈氣、他血中的天狐之火，還有道反的丸玉。

已經走到大原郡的六合沒有找到任何線索，只好暫停，先返回道反聖域。

聖域在意宇郡，而他們與真鐵是在意宇郡與大原郡交接處附近交手。

只知道，當時真鐵往南逃走了。

勾陣他們應該是往仁多郡去找昌浩了。

進入意宇郡的六合無意識地嘆著氣。被真鐵擊傷的地方還沒痊癒，儘管神將的自癒能力遠遠超越常人，卻也不是瞬間就能痊癒。現在紅蓮、玄武沉睡的瑞碧之湖，是可以治療受傷的地方，但那只是外表上的復元，也不是徹底痊癒。

所以蜘蛛要六合也去療傷時，他拒絕了，開始東奔西走地搜尋昌浩。
這時候如果自己也脫離戰線，一旦發生什麼狀況會相當不利。
到達通往聖域的隧道時，他停下來喘口氣。
傾盆大雨把他全身都淋濕了，長及腰際的頭髮也吸滿水變得很重。他煩躁地撩起貼在臉上的頭髮，撥掉從額頭流下來的雨水。
垂掛在胸前的勾玉，從那時候起沒有顯現任何變化。
他輕輕握住冰冷的玉，垂下眼睛。
靈魂就在這裡面。可是，那時候風音的確在自己懷中斷了氣，他還清楚記得那種感覺。
他確實看見生命的火焰逐漸消失。那張哭著說不想孤獨一個人的臉，還烙印在他眼底。
只要她這麼想，只要她願意，不管多少次，我都會伸出我的手，抓住她的手，然後——
六合用力握住勾玉，抬起頭。
無論如何都要奪回她的身體。
穿過千引磐石進入聖域的六合，遇見使用離魂術變成年輕模樣的晴明。他看著與太

陰走在一起的晴明，張大了眼睛。

什麼時候又回到了道反？

晴明從六合的表情看出這個疑問，回他說剛剛才到。

「不用擔心，這次實體也來了。」

六合還沒說出最擔心的事，晴明就先替他說了，還得意地笑了起來。

「放在近一點的地方比較方便。」

「可是，晴明……」

「不用擔心。」

晴明打斷六合，從衣服裡拉出掛在胸前的碧玉。

「這是女巫借我的，跟昌浩身上那個一樣，都是出雲石。」

用來鎮天狐之血的出雲石，據說也能補充靈力。道反大神是與大地相關的神明，所以跟孕育生命力的大地有共通之處。

那麼，應該不用擔心了，六合面無表情地這麼想。晴明看著他，以右手結印，閉上了眼睛。

「華表柱念……」

晴明唸的神咒，就是昌浩看到蜈蚣的傷時，心生不忍所唸的咒語，只是效果比昌浩

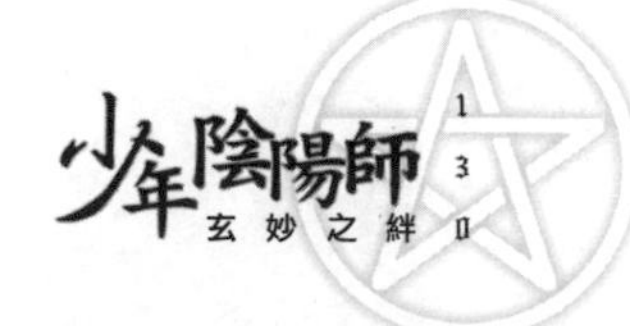

唸的強多了。

折磨著六合的疼痛終於減輕了，他無意識地喘了口氣。

體力的消耗其實超越了想像，只是內心的焦慮讓他沒心思去管這些事。

「六合，有找到什麼線索嗎？」

太陰戰戰兢兢地問，六合無言地搖搖頭。

雖然早料到是這樣，也做好了心理準備，還是難免失望。

六合難過地看著藍紫色眼睛蒙上憂鬱的太陰。

深色靈布滴答滴答淌著雨水。

「這場雨有問題。」

看到同袍身上的長布濕透了，太陰伸手幫他擰乾。啪嗟啪嗟滴下來的水，在乾燥的地面上形成斑駁的圖樣。

擰著擰著，太陰突然皺起眉頭，疑惑地說：

「這是什麼水啊……」

她放開長布，看看濕答答的手，揮一揮把水甩掉。

「太陰，怎麼了？」

天一訝異地問。太陰抬頭看看她，試著解釋，卻找不到適當的措詞。

「就是……很奇怪，呃，我來的時候就有感覺了，水好像特別重……」

不，不對。

太陰張大了眼睛。

「附在身上的水……好像會削弱體力……」

六合也張大了眼睛。

的確是這樣，他也感覺到了，在雨中待得愈久，身體就愈虛弱，並不只是受傷的關係。

潛伏在雨中的妖氣，會削弱神將們的神氣。

「是真鐵的同伴召來的那場雨。」

那個名字曾出現在真鐵與多由良的對話裡。

「我記得是……珂神。」

聽到六合的低喃，天一和太陰都縮起了身子，神情緊張地看著晴明。

年輕晴明表情嚴肅地重複那個名字。

「他們是追隨珂神……祭祀王的人？」

真鐵還說過很多其他名詞。

譬如，這片土地的真正大王、祭祀王、祭品、荒魂。

「這片土地真正的大王……難道是古代出雲的王族？」

像這樣不服從大和朝廷的統治，不願向祭拜「天照大神」的皇室下跪的氏族，在這個國家非常多。

這片土地上應該也有那樣的人。

出雲是眾神的故鄉。除了晴明在神話裡聽過的神之外，也棲息著其他記紀④沒有記載的神，這裡是離高天原⑤最近的地方。

而且，大多數人認為這世上的神氣是來自出雲，而不是傳說有天孫⑥降臨的高千穗。

晴明絕非無知，但也知道自己並不是什麼都知道。連神都不可能什麼都知道，如果神什麼都知道，高龗神就不必派他來這裡了。

「所謂荒魂，可能是我們不知道的神名。」

如果是古代出雲族祭拜的神，就有可能被中央政權視為不存在。晴明的知識裡，只有大和朝廷允許流傳後世的神明。他覺得沒有必要觸犯禁令，所以對出雲土著眾神並沒有深入的研究。

早知道，應該要有更強烈的求知欲。

這種事通常「後」知「後」覺，所以叫「後」悔，誰都不想有這種深切的體悟。

「晴明，不是要去找昌浩嗎？」

太陰抬頭問。晴明對她點點頭，正要跨出腳步時，有聲音叫住了他。

《安倍晴明——》

晴明訝異地瞪大眼睛，往聲音主人坐鎮的方位望去。

《安倍晴明，請來這裡。》

只有晴明聽得見這個聲音，所以太陰和天一都疑惑地看著驚愕的晴明。

怎麼辦？神的召喚非聽不可，然而，現在是分秒必爭的時刻。老實說，要他事後下跪求饒他都願意，現在他只想馬上衝到人界的出雲山中。

《我有話跟你說，安倍晴明，請來一下。》

晴明默默猶豫著，一個修長的身影從他旁邊經過。

《叫你呢……》

六合帶著嘆息催促晴明，就轉身走了

「啊，六合？」

天一伸手叫住他，他轉頭簡短回說：

「道反大神在召喚我們。」

大神也召喚了他？

晴明啞然失言，六合不管他，一個人快步離開了。

「晴明，是這樣嗎？」

飄浮在半空中的太陰問。晴明無奈地點點頭，轉頭對天一說：

「我去大神那裡，妳跟白虎、勾陣會合，一起去找昌浩。」

「知道了。」

「去吧！」

晴明小跑步追趕先走的六合，因為距離拉得不遠，很快就追上了。他仔細一瞧，發現六合的背影飄散著沉重的氛圍。

晴明邊走向道反大神的本體千引磐石，邊偷窺式神的模樣。

還是一樣面無表情，但好像多了不只那樣的某種感覺。

看到在他胸前搖晃的紅色勾玉，晴明稍微思考後，終於開口說：

「聽說風音住在那裡面？」

六合沒有回應。

「她醒過來，又沉睡了。」

表情沒有改變，只是淡淡地說。

然後就是漫長的沉默。

昌浩被帶走之前的事，烏鴉嵬都詳細告訴過晴明了。

那隻烏鴉也死過一次，是當時正好覺醒的道反大神，在它就要落入黃泉時，把它的靈魂救走了。之後，它一直在瑞碧之湖治療受傷的身體，不久前才剛復活。

復活後，烏鴉立刻飛到六合的勾玉旁。即使是在沉睡中，它也想親眼確認風音在勾玉裡的靈魂是否安全。原本只打算遠遠地確認勾玉沒事，就馬上回道反，沒想到所有安排都被魑魅的出現打亂了。

為了不讓魑魅烏鴉接近勾玉，嵬不時張大眼睛監視著，不惜以自己的身體為盾牌奮戰。好不容易打贏了，剛痊癒的身體卻又受了重傷，就在它動彈不得時，被昌浩撿回家了。

據嵬說，那是它這輩子最大的失誤。

晴明想起烏鴉緊緊抓住昌浩的衣服，死都不肯放手的樣子。那時六合都跟在昌浩身旁，烏鴉並不是想抓住昌浩，而是不想離開六合。

這麼胡思亂想的晴明，暗暗嘆了口氣。

要是不想這些亂七八糟的事，就會愈來愈焦躁。

緊握著拳頭的手冒著汗。

昌浩，你沒事吧？我相信你沒事，只是沒有任何證據。

已經死去的天狐的聲音在耳邊響起。

——我們的血感應到同族的危機時，曾喧擾騷動起來。

如果真是這樣，為什麼自己感應不到昌浩的危機呢？

道反聖域所在的地方與人界不同次元。難道是異次元的隔閡阻斷了心的傳遞？還是天狐之血愈來愈薄弱了？

最好是這樣。今後，天狐之血的繼承人，還是有可能在昌浩之後隔幾代再出現。如果能在經歷幾代後完全融合，是再好不過的事。

六合停下來，晴明也跟著停下來，仰望聳立的大磐石。

自從那次之後，他沒再來過這裡。腦中浮現昌浩斷氣的樣子，他趕緊把那個景象逼入心底深處，胸口卻還是那麼鬱悶。

他曾想再也不要經歷那種事了，然而……

「參見道反大神。」

晴明一出聲，磐石前就出現了一個身影。

穿著太古衣裳的道反大神，交互看看晴明與六合，視線停在紅色勾玉上，瞇起了眼睛。

「神將六合，為什麼讓風音醒來？」

「……」

六合沉默以對，大神又接著說：

「在靈魂的創傷痊癒、徹底清除污穢之前，她不應該從沉睡中醒來。但她卻在治療中醒來了，還被迫使用了靈力。」

大神與磐石同樣顏色的雙眸湧現激動的感情。六合被祂刺人的眼神刺穿，只能默默承受斥責。

晴明在一旁聽著，心中百感交集。

真不知道該說祂是在找碴？不講道理？還是太過自私？老實說，分明是在刁難六合嘛！

如果祂只是想找六合麻煩，幹嘛不趕快放了我呢？瞬間，這個冷酷的想法閃過晴明的腦海。

「再有下次，我絕對饒不了你。」

「──」

把六合狠狠罵一頓的道反大神，大概是罵夠了，停止攻擊，看著兩人。

「被搶走的咒具啟動了。這樣下去，不只出雲，恐怕整個國家都會蒙受可怕的災難。」

「大神，我想請問一件事。」

大神以嚴厲的眼神看著形色緊張地盯著自己的晴明。

「什麼事？」

「所謂咒具是什麼？災難又是什麼？」

道反大神皺起眉頭，不肯說那東西的名稱，好像連言靈都很忌諱。

「有人把那傢伙當成神明來祭拜，蒙受祂的恩惠，但是，那個血脈已經斷絕很久了。」

大神指的是侵犯這個聖域搶走咒具的真鐵，還有跟隨他的那隻異形狼。

確定大神不會說出咒具的名稱，晴明又改變了問法。

「祭祀王是不是如字面意思，就是祭祀那個神明的人？」

「是統治把那傢伙奉為神的那些人的『大王』。」

那只是人數極少的一族，但是，被奉為神的「荒魂」卻擁有強大的力量，可以自由操控那股力量的祭祀王是很大的威脅。

「高天原殲滅那傢伙後，就把成為復活關鍵的那東西，封印在跟人界不同次元的聖域。若丟在人界，那個怪物很可能藉著這東西再次復活，必須防止這種事發生。」

萬萬沒想到，那些人會闖入聖域。

「大神……」

這麼起頭的晴明，看到大神以眼神催促他說下去，才又接著說：

「以大神的力量也不能防止那個災難嗎？」

「我的任務是守在這裡，阻擋黃泉大軍。」

原來如此，道反大神就像十二神將中沒有戰鬥能力的天一和玄武，有防守、阻止的力量，卻沒有打倒敵人的力量。

要奪回咒具，免不了一戰。大神沒有那種力量，所以尋求昌浩與十二神將的協助。

「風音的軀體是讓災難甦醒的最好祭品。」

六合的肩膀明顯僵硬起來，雙方之間彌漫著緊張的氣氛。

男人與磐石同色的雙眸凝視著六合。

「竊取風音身體的賊，靈魂已經在體內的每個角落生根。要把他的靈魂拖出來，必須終止軀體的生命活動。」

過了好一會，六合才完全理解這句話的意思。

黃褐色的眼中浮現驚愕的神色。

「祢是說……」

六合顯露出前所未見的感情，道反大神卻只是淡淡地告訴他：

「要讓她斷氣，才能跟一度融合的靈魂完全脫離。」

也就是說，要再一次殺了風音。

小怪的陰陽講座

④《古事記》與《日本書紀》並稱「記紀」。《古事記》是日本最古老的歷史書，《日本書紀》則是最早由天皇下令撰寫的正史。

⑤在日本神話裡，天神所居住的地方叫「高天原」，由天照大神統治。

⑥天孫就是天照大神的子孫（包括後來的皇帝子孫）。

7

奉晴明之命的天一與太陰在傾盆大雨中奔馳。

天一穿的衣服不方便在山中奔跑，所以速度比較慢。

「天一，靠我的風從天空搜尋比較快。」

並肩奔跑的太陰焦慮地指著天空說。

天一抬頭往她手指的方向望去，覺得背脊一陣戰慄，表情頓時變得僵硬。

那就是帶來豪雨的黑雲。六合他們說，在雨中看見了紅色螢火蟲。

昌浩的夢裡也出現過紅色螢火蟲，可想而知是某種邪惡的象徵。

「不，我在地上找，妳從天空找吧！」

「可是……」

太陰面有難色，天一對她笑笑，輕輕撩起衣服的下襬。

「萬一發生什麼事，帶著我，對妳不利。」

既然不知道真鐵這個敵人在哪裡，沒有戰鬥能力的自己最好保持距離。

「這樣的話，妳碰上真鐵就麻煩了。」

「我不會有事，放心吧！」

太陰說不過從容微笑的天一，垂頭喪氣地說：「好吧！找到昌浩，馬上通知我。」

「妳也是，拜託妳了。」

送走乘風飛起的太陰後，天一嘆了一口氣。

老實說，身體從剛才就異常沉重。雨中挾帶的妖氣，正一點一點地削弱她的體力。

「帶著我，太陰會有危險……」

這麼喃喃自語的天一滿臉愁容。

啊！自己真的太無能了，唯一的用處就是承接他人的傷勢。

眼底浮現留在京城的朱雀的身影，如果有他值得依靠的手臂在身旁，就不會這麼沮喪了。

「朱雀……請給我力量……」

聽說昌浩受了重傷，現在行蹤不明，不知道怎麼樣了。

所有人都拚了命在找昌浩。

天一抱著祈禱的心情，抬頭仰望烏雲密佈的天空。

不管他受多重的傷，天一都會把那些傷轉移到自己身上，救活他。但是，要把已經走向冥府的靈魂拉回來，她就辦不到了。

「起碼要保住性命啊……」

敲擊般的雨聲，掩蓋了她的話。

她拭去流入眼中的雨水，開始奮力往前跑。

天是暗的，所以分不清現在是什麼時刻。

晴明回到道反應該是在剛過子時的時候。晴明與六合被道反大神召見，所以她先來到人界，開始在山中奔馳差不多是丑時。那之後又過了很久，現在說不定快要寅時了。

想到這裡，天一不由得全身戰慄。

昌浩已經失蹤快一整天了。

「……！」

她極力壓抑激動的心情，往出雲山中更深處走去。這樣直直往前走，就會到達出雲國與伯耆國的邊境。

天一環視周遭，在參天古木綿延不絕的山中，很難找到在空中奔馳的太陰。同樣，太陰也很難從天空找到天一。

她們需要線索，需要與昌浩生命相關的線索，隨便一個什麼線索都好。

《天一，在河裡！》

突然響起太陰的聲音，在耳朵深處回響。

「咦？」

太陰隨風傳來的聲音緊張得像是天快塌下來了。

《剛才白虎的風告訴我，昌浩在水位暴漲的河裡……》

天一慘叫一聲，試著冷靜地傳達的太陰，語尾也顫抖得聽不見聲音。

「哪條河？在哪裡？」

視野被樹木遮蔽的天一搞不清方向，心神大亂。太陰把自己看見的地形告訴了她。

《往右邊直直走，就會遇到一條河，可是……》

太陰才說到一半，天一就拋下她，不顧一切往前衝了。

《天一？等等，妳一個人太危險了！那裡現在……》

以神腳疾馳的天一，看到有黑影橫過視野角落。

她往那裡望去，才發現自己正跟無數的野獸跑在一起。

「是妖狼……！」

群狼團團圍住了她，氣息就跟出現在京城的妖狼一樣。

「天一？喂，天一！快回答我呀！」

太陰淋著敲打全身的雨，瘋狂地大吼大叫。

「那邊很危險呀，天一！」

到處都是魑魅的氣息，從天空俯瞰的出雲山脈被茂密的樹木遮蔽，完全看不到天一的身影。

乘著風的天陰，發現自己必須釋放比平常更強的神通力，才能讓身體停留在空中。

她瞪著近在眼前的黑雲，低聲嘟囔著：

「這是那個叫什麼祭祀王的傢伙召來的雨吧……該停啦！」

從太陰全身爆發出強烈的神氣狂流。

「煩死人了！」

邊怒吼，邊將所有龍捲風拋向黑雲的太陰，親眼看到黑雲產生了龜裂。

然而，還是沒能把黑雲撞碎。周邊的雲很快就流入變薄的地方，把缺口填補起來了。

「可惡……！」

緊咬住嘴唇的太陰，看到白色閃光。

閃電在眼前爆開，距離很近的雷鳴轟隆震響，麻痺了她的聽覺。

同時，落雷襲向了她。儘管她很快就築起了壁壘，還是被雷擊中。

「唔——！」

發出慘叫聲的太陰失去平衡，頭朝下墜落。

這時候，她看見在黑雲中蠕動的螢火蟲。

「……螢火蟲……！」

不，不對，那是……

她瞪大了眼睛看著，耳朵慢慢恢復了聽力。

剎那間，雨聲、雷擊之外的轟隆巨響震撼了天地。

四肢被潛伏在雨中的可怕妖氣五花大綁的太陰，在一陣戰慄的同時，也知道那尾音繚繞的巨響是什麼了。

這時候，有人接住了直直墜落的她。

在狂風環繞中，她看到了壯碩的肩膀。

同袍看著自己的關注眼神，讓她的感情如潰堤般傾瀉而出。

「白虎……！」

被渾身發抖的太陰緊緊抱住的白虎，邊拍著太陰的背，邊面色蒼白地仰望著天空。

「剛才那是……」嚇得心驚膽戰的太陰吸了一口氣後，喃喃地說：「什麼東西的吼叫聲……」

雲裡面有東西。

白虎拍拍太陰的背，安撫快哭出來的她，俯瞰地面說：

「勾陣和天一在哪裡……？」

太陰猛然抬起頭，看到白虎正憂慮地盯著地面。

「白虎，你沒跟勾陣在一起？」

白虎滿面愁容地否定了。

「沒有……她叫我去找晴明，自己迎戰真鐵，就那樣……」

太陰驚訝地倒抽一口氣。

真鐵就是那個佔據風音身體的敵人，是把騰蛇也逼入了絕境的可怕強敵。

「她在哪？你跟勾陣是在哪裡分開的？」

白虎所指的方向，應該就是天一聽完太陰的話後前往的方向。

昌浩就是掉在那條河裡。

太陰強撐起還很僵硬的身體，放開白虎的手，然後用力拍打自己的雙頰。

「唔……走吧，白虎！」

痛得皺起臉來的太陰轉身往前飛，白虎也跟在她後面。

兩人在愈下愈大的雨中飛翔。

天一邊閃避黑色妖獸群的尖牙利爪，邊尋找河川。

她隱約聽見，在妖狼的嗥叫聲之外有跟雨聲不一樣的聲響，趕緊在樹木間的狹縫穿梭，衝往水聲的地方。

流水的轟轟聲愈來愈響亮，原本只有輕微感覺的可怕妖氣也隨之增強。

「這是……」

雨中的東西匯集在一起，愈來愈強了。那到底是什麼？感覺像是可怕的怪物釋放出來的妖氣，又很像是包圍自己的妖狼群釋放出來的妖氣。

妖狼群似乎在消耗天一的體力，只會偶爾像玩弄她似的用爪子扯破她的衣服，卻絕對不會讓她受傷。

「唔……朱雀……！」

這個言靈比任何咒文都能帶給她力量，帶給她絕不屈服的堅強，帶給她絕不放棄的毅力。

水聲近了。

妖獸的咆哮在耳邊震響，她的呼吸急促起來，心跳得格外大聲。

當她在黑暗中，看到連綿不斷的樹木就快到盡頭時，突然有同袍的神氣在附近爆開了。

天一屏氣凝神，剛才的神氣無疑是……

「勾陣！」

妖獸的咆哮齊聲響起，超越勾陣神氣的驚人靈力相呼應似的迸射出來。

天一從來沒有親身體驗過這個力量。但是，不必有人告訴她，她也知道這就是潛伏在被敵人搶走的風音軀體裡的淒絕力量，是傳承神的血脈，與神相通的神聖力量。

衝出茂密森林的天一驚訝得停下了腳步。

雨正敲打著河川，整片水面都是紅的。

「紅色……？怎麼會這樣……」

不只是紅色，還像燃燒般冒著裊裊升騰的熱氣。

呆呆佇立的天一察覺妖獸正慢慢逼近，趕緊逃離現場。

河川兩岸都是堅硬的岩石，被雨淋得濕答答的。

紅色河川上游又發生了靈爆。

是勾陣與真鐵展開了生死纏鬥，但被樹木遮住看不見。

「勾陣……！」

天一邊閃避妖狼的攻擊，邊轉身衝向同袍。

有東西掠過她的視野。

妖狼的遠吠聲繚繞不絕。

離天亮還很久，不知道黑色妖獸們是不是在黑暗中抓到了什麼。

更猛烈的悸動在胸口震盪。快到讓她喘不過氣來的心跳，促使她往後看。

雨敲打著岩石。無數並排的岩石中，有顆岩石被發出轟轟流水聲的濁流染紅了大半，幾匹妖狼圍繞在那裡。

天一驚聲尖叫：「昌浩……！」

像斷了線的木偶般動也不動的昌浩，衣襟被妖狼咬住了。

✕ ✕ ✕

沉入湖底的紅蓮，手指動了一下。

平靜無波的水面，接二連三出現了波紋。

猛然向後仰的喉頭微微抖動，從張開的雙唇間冒出氣泡。

身體像弓箭般大大彎折，逐漸探出了水面。

「呼……哈……！」

以強烈的咳嗽吐出肺內積水後，紅蓮終於張開了眼睛。

＊　＊　＊

勾陣的身體被靈爆衝撞，嵌入了岩石內。

「唔……」

口中發出陣陣喘息聲，跟骨頭的傾軋聲摻雜在一起。

真鐵把從岩石滑落下來的勾陣踢到地上，蹲下來說：「想不想死得乾脆一點？」

勾陣緩緩抬頭看著真鐵。

風音的臉帶著嘲笑。她心想，六合看到這張臉，應該會氣得抓狂吧？

那傢伙的感情比誰都豐富。

「廢話……少說……！」

勾陣吐著血沫咒罵，將右手的筆架叉往上刺。

真鐵輕鬆閃過後，揮揮右手釋放出靈力漩渦。

若被擊中的話，勾陣的身體恐怕會斷成兩截，但是她奮力閃躲，搖搖晃晃地站了起來。

「喲，還能動啊！真了不起。」

真鐵欽佩地低喃著，目不轉睛地盯著勾陣。

貫穿腹部的雷光刀刃挖去了她腰間的肉，血還從那裡流個不停。刺穿右肩的刀傷也不淺，而且，在幾次的靈爆衝擊下，骨頭應該也斷了好幾處。

與勾陣對峙的真鐵後方，有隻灰黑妖狼嚴陣以待。

這時候，飛來一隻烏鴉，那是真赭放出來的魑魅。

「怎麼了？魑魅。」

奉命搜尋祭祀王的魑魅烏鴉已經飛離一段時間了，現在飛回來，應該是找到祭祀王了。

停在多由良背上的烏鴉啞啞叫著，把自己所看到的告訴了多由良。

多由良默默聽著烏鴉的報告，臉色驟變。

「什麼?!」

多由良豎起全身的毛，轉頭看著真鐵。烏鴉用力拍拍翅膀，又飛上了天。

「真鐵，」真鐵轉移視線，多由良喃喃對他說：「那孩子不知道為什麼還活著。」

真鐵挑起眉毛，從歪斜的嘴巴發出詛咒般的聲音。

「真是狗屎運……」

在真鐵與多由良仰望的上空飛翔的烏鴉在雨中盤旋，發出招呼兩人般的鳴叫聲，往

河川下游飛去了。

「在那邊？」

正要追上烏鴉的真鐵和多由良，被遍體鱗傷的勾陣擋住了去路。

「別想走……！」

勾陣確實聽到多由良說昌浩還活著。

那隻烏鴉發現了昌浩，趕來向真鐵報告這件事。

那麼，絕對不能放他們走。就算賠上這條命，也要把他們困在這裡。

真鐵和多由良盯著放狠話的勾陣好一會後，真鐵不屑地瞇起訝異的眼睛，放聲大笑說：

「多由良、多由良，你聽到了嗎？這個女人說了癡心妄想的蠢話。」

從雨間傳來妖狼回應的嘲笑聲。真鐵嘲諷地瞇起一隻眼睛，以鄙視的眼光看著勾陣說：

「妳這就叫做不自量力。」

揮舞鋼劍的真鐵對多由良下令：

「我把這個女人玩死再去找你，你先去殺了那孩子。」

「知道了。」

妖狼甩甩尾巴，勾陣殺氣騰騰地盯著它。

「我說過不會放你們走……！」

血從緊咬的嘴唇流出來，從全身飆出來的鬥氣比之前更強、更銳利。

重重拍打著身體的雨和風都被鬥氣吹得轉了彎。勾陣凌亂的頭髮沙沙飛揚，黑曜石般的眼睛炯炯發光。

多由良冷冷看著勾陣劇變的鬥氣，興致缺缺地眨了眨眼睛。

「連傷都傷不了真鐵的脆弱異形，現在逞強又能怎麼樣呢？」

勾陣悽慘地笑著說：

「不要太低估我，妖狼……為了保護他，我什麼都不怕。」

——勾陣……昌浩拜託妳了。

那是主人安倍晴明的命令。

要她保護昌浩，而不是晴明。

晴明，既然你這麼說、這麼期望，我神將勾陣發誓：

一定會保護昌浩，保護你唯一的接班人。為了保住他的性命，我將不惜觸犯天條。

——我、我不要你們攻擊人類……

男孩的聲音在耳邊響起。帶著哭音的聲音苛責著自己，恨自己被無能擊垮，只能表現憤怒。

就因為他有顆這麼、這麼珍惜十二神將的心，就因為知道他是這樣的人，所以十二

神將不惜為他捨棄一切。

勾陣的眼眸金光閃閃。

齜牙咧嘴的妖狼跳起來，撲向使盡最後力量蹬地而起的勾陣。

勾陣以筆架叉的刀背擋開對準自己喉嚨的妖狼前腳，再用左手拔起插在腰間的另一把筆架叉。

突然，勾陣的身影從多由良的視野消失了。

「什麼?!」

勾陣彎下腰，使出渾身力量將右手的刀刃刺向妖獸毫無防備的腹部，刀尖瞄準了左胸深處的要害。

但是，真鐵識破她的攻擊，揮劍砍向滑入他眼前的勾陣的左手腕。

就在劍氣快劃傷皮膚前，勾陣揮出了左手反握的筆架叉。

幾乎在同一時間，差點就刺中要害的刀尖劃破了多由良的側腹部，反握的筆架叉刀身也擋開了真鐵的鋼劍。

不料，真鐵的劍氣又穿透被擋開的劍身，化為衝擊襲向了她，難以忍受的痛楚和麻痺擴散到整隻手臂，還發出乾澀的聲響，她知道是傷到了骨頭。

又聽到咚沙一聲，但她沒有時間去看。

鋼劍的刀背對準全身癱瘓的勾陣的右肩敲了下去。

難以形容的聲音在肩膀內響起，然而，趴倒在地上的勾陣還是沒叫一聲。

「……」

兩隻手都被廢了，勾陣卻還不放棄。肩膀碎裂的右手是沒用了，但左手還勉強能動。

筆架叉從無力下垂、失去力量的右手滑落下來。

她把神氣注入左手，修復到可以使用的程度，就掙扎著站起來。

被筆架叉擊中而倒在岩石上的狼，邊呻吟，邊抖動著身體。傷口並不深，但致命的一擊，傷到了一邊的肺。

多由良雖是異形，身體結構卻跟一般的狼一樣。它邊咳著血，邊抬起頭，注視著勾陣。

「多由良，不要動，我馬上幫你治療。」

驚慌失措的真鐵，把雙手平貼放在多由良的傷口上。

他的背部毫無防備地暴露在勾陣眼前。

「真鐵，不能背對敵人……」

妖狼提醒他，他卻毫不在乎地說：「一個垂死的人還能做什麼？」

勾陣緊咬嘴唇，屏住呼吸。身體慘叫連連，只能再發動一次攻擊，這已經是極限了。

晴明，請給我力量。

十二神將不能傷害人類、不能殺害人類。

這是他們在這個世界誕生時就已被定下的絕對天條。

觸犯這個天條，就要背負一輩子也洗不清的罪孽。如同再也除不掉的烙印般，必須承受永遠的責難。

然而，他們有時會做選擇。

選擇比永遠的責難更沉重，卻像眨眼般短暫的生命。

那孩子說不想讓他們攻擊人類。但是，為了守住那孩子光輝的生命，他們可以輕易拋棄那個天條。

「──！」

勾陣大叫一聲。轉過身來的真鐵放出靈壓，重重壓住她全身。她以全力驅散靈壓，將筆架叉揮向了真鐵纖細的頸子。

沒想到刀尖竟然被狼牙擋住了。

緊緊咬住刀身的多由良，瞇起眼睛輕蔑地瞪著勾陣。

「……！」

最後的攻擊受到阻撓的勾陣，一吐氣就噴出紅色的血沫。

「真難纏，如果都像妳這樣，會累死我。」

真鐵煩躁地皺起眉頭，抓起勾陣的左手，把已經不能出聲的勾陣高高舉起來，露出猙獰的笑容。勾陣的膝蓋已經伸不直了。

「差不多該殺死她了，她還真能撐呢！」

回頭看著河川的真鐵眨了眨眼睛。

「啊！荒魂的力量終於這麼滿了。」

勾陣眼睛微張，看了一眼下著雨的河水。

因為泥土沖刷而成為濁流的河川，竟然變成一片紅色，是剛才那股紅色怒潮擴散到整個河中了。

「那是……什麼……」

好不容易跟著血沫吐出來的話，微弱到幾乎被雨聲淹沒了。但好像還是被真鐵和多由良聽見了，兩人都皺起眉頭瞥了勾陣一眼。

「妳沒必要知道吧！」

多由良踢掉她的武器，指著河面說：

「真鐵，把這個也扔了。她都這麼虛弱了，不可能從水裡爬上來。」

「說得也是。」

然後，這次非殺了那孩子不可。

真鐵把她拖到岩岸邊，望著水面淺笑著。

「——荒魂……就快了……」

在聽力逐漸模糊中，勾陣的耳中傳入真鐵的低喃聲。

荒魂。在這兩個字之前，她聽到非常熟悉的言靈。那是擁有強大力量的可怕怪物的名字。

不可能——

「你說……那是神……？」

聽到微弱的驚叫聲，真鐵和多由良都不屑地笑了起來。

紅色河川散發著熾烈的妖力。

勾陣緊咬住嘴唇，腦海裡閃過一張張的臉龐。

白虎、晴明、昌浩，還有——

「……！」

就在她無聲地唸著那個名字時，一陣灼熱的鬥氣爆了開來。

8

天一不顧魑魅狼的阻撓，奮力向前跑。

被妖狼抓住的昌浩，眼看著就要被扔進河裡了。

在黑暗中的那張臉無力地閉著眼睛。

「昌浩、昌浩……！」

跑得歪歪斜斜的天一伸出了手。

突然出現了阻礙者，妖狼群齊聲吠叫，露出了尖牙。知道光威嚇沒用，其中一隻發動了攻擊。

天一築起看不見的壁壘阻擋攻擊。她無法打倒它們，但可以避開。

只是雨中挾帶著妖氣，不知道壁壘可以支撐多久。來這裡的一路上，她沒有採取任何行動，就是想儘可能保留神通力。

妖狼群憤怒地叫囂著，無論如何都要把那孩子扔進河裡，用阻礙者的血來祭神。

啣著昌浩的灰白妖狼走向岩岸邊。昌浩身上破破爛爛、沾滿泥土的衣服吸了雨水後，顏色逐漸改變。

朱雀，請給我力量。

「住手、住手！」

天一的神通力變成耀眼的閃光，刺痛了妖狼群的眼睛。哀叫著放開昌浩的妖狼群驚恐地四處逃竄。

昌浩的身體從岩石往下滑落，天一拚命伸長了手。

以前她曾經問過朱雀。

最害怕的是什麼？

他回答了。

最害怕的是……

伸出去的手抓不到要抓的人──

妖狼的咆哮聲震天價響，她瞥見一匹巨狼正朝著她衝過來。

伸出去的手碰到了昌浩的指尖，確實碰到了，卻抓不住他往下滑的身體。

「──唔！」

尖叫聲從天一喉嚨迸出來。正要撲向她背部的妖狼被突然颳起的龍捲風彈飛出去。

神將掀起的旋風包圍天一，比飛箭還要快的一陣風，及時抓住了落水前的昌浩。

「……白……虎……」

天一聽到茫然的低喃。當她發現那是自己的聲音時，無力地癱坐下來。

「可惡！」

塊頭比魑魅狼高大的灰狼懊惱地咂咂舌，往後跳一大步。

剛才茂由良站的地方被太陰的龍捲風橫掃過，岩石被劈成兩半，紅色血沫四濺。

抱著昌浩的白虎降落在天一面前，蹲下來把昌浩擺在岩石上。

滂沱大雨都被他的風彈開了，他不能讓蘊涵妖氣的雨繼續打在昌浩身上。

天一臉色發白，卻還是堅強地抿著嘴。

面如死灰的昌浩還有一絲氣息。聽說，他被真鐵擊傷的地方在左側背部和大腿上。

想確認他傷得多重的天一，突然訝異得皺起了眉頭。

受傷的地方在衣服外面纏著白布，一看就知道是為了止血，顯然是有人替他做了治療。

「究竟……是誰……」

但是，現在沒空討論這件事。天一拆下大腿上的布，確認傷口情況。據說被扯碎的傷口，現在竟然已經長出肉來，還蓋著一層薄薄的皮。

天一倒抽了一口氣，白虎也是。兩人慌忙確認背部傷口，也已經癒合，就快復元了。

力。

既然這樣，就不需要天一施行移身術了，接下來全看昌浩自己的生命力與自癒能

「白虎……你知道他受的傷有多重吧？組織有可能這麼快就重生嗎？」

天一茫然地問。白虎驚訝得說不出話來，搖了搖頭。

「不可能……雖然玄武幫他止了血，但傷勢太重，應該撐不久。」

兩人都盯著昌浩看。白蠟般的臉了無生氣，但勉強保住了性命。

「總之，把他帶回聖域吧！」

忽然，昌浩發出微弱的呻吟聲。

「……唔……」

天一驚訝地看著昌浩。浮現出血管的眼皮微微顫動，露出渙散的眼神。飄忽不定的眼神直接跳過天一和白虎，好像在尋找他們之外的人。

「昌浩，你認得我們吧？」

「你醒醒呀……」

「……古……」

天一緊緊握住昌浩冷得像冰一樣的手。

「咦……？」

天一把耳朵湊過去，想聽清楚被雨聲淹沒的低喃。

「……比……古……比……古呢……」

這樣重複好幾次後，昌浩就無力地合上了眼睛。

天一和白虎疑惑地互看一眼。

「……比古？」

他到底在說什麼？

天一疑惑地看著昌浩，發現他身上的衣服是乾的。

不過，並不是全乾，在白虎的風包住他前，有淋到一些雨，所以形成了斑斑水漬。

問題是，在這樣的傾盆大雨中應該會被淋成落湯雞，而昌浩的衣服和綁在後面的頭髮卻只有一點點濕，並沒有濕透。

白虎看了看四周，發現岸邊岩石與樹林之間的夾縫一帶，有小小的洞穴。由岩石層層堆砌起來的洞穴，看起來有相當的深度。

「他是待在那裡面吧？」

天一看看白虎指的洞穴，再看看昌浩，全身無力的昌浩閉著眼睛，動也不動。

把原來纏住傷口的布又纏回去後，天一輕輕撥開昌浩額頭上的頭髮說：

「把他帶回晴明那裡吧！」

白虎點點頭，抱著昌浩站起來。

「別想逃──！」響起太陰的怒吼聲。

茂由良敏捷地閃避緊接而來的龍捲風矛，狠狠瞪著神將。

「你們要是敢對珂神怎麼樣，我絕對不饒你們！」

正要放出最大級龍捲風的太陰，狐疑地皺起眉頭。

「珂神？那是誰啊？」

好像在哪裡聽過，一時想不起來。

「珂神就是珂神！呃，不對……」

發現自己不小心說出那個名字，茂由良慌忙改口說：

「是我們的大王！他有荒魂的加護，可以自由操縱荒魂的力量。」

它說得揚揚得意，其實這些話都是從真鐵和多由良那裡現學現賣的，神將們當然不知道。

但是，那種目中無人的態度惹火了太陰。

「管你是珂神還是大王，」膨脹擴散的神氣化成無形的風矛，「竟敢把昌浩、白虎和天一傷成這樣子──！」

太陰激動的神通力爆開來，把茂由良的身體炸飛起來。發出慘叫聲被拋到河對岸的

茂由良翻滾好幾圈後，撞上了岩壁。

「啊！」

茂由良低聲呻吟著，一時站不起來。正準備給它最後一擊的太陰突然屏住氣息，全身緊繃。

同時，河川上游爆發出灼熱的鬥氣。

神將們都把意識轉向了那裡。

茂由良發現有機可乘，趕緊掙扎著站起來，飛也似的逃離了現場。

叫人難以相信。

鬥氣奔馳而過，勾陣知道主人是誰。能操縱這種火焰的人，據她所知只有一個人。

但是，那個人現在應該還不能動，因為他正沉睡在道反聖域，要等傷勢痊癒才會醒過來。

不敢相信地東張西望的視線前，站著十二神將中最強的男人，從他全身冒出來的灼熱鬥氣正逐漸轉變成白色火焰。

熱風拍打著勾陣的臉。那個熱度讓她知道，眼前的一切都是真實的。

「騰……蛇……！」

她只能發出呢喃般的聲音。唯一能動的只有眼睛，四肢的肌腱都被砍斷了。感覺早已麻痺，所以幾乎不覺得痛，只是失血過多，全身嚴重發冷。

真鐵和多由良築起壁壘抵擋突來的灼熱鬥氣，發現是紅蓮，微微張大了眼睛。

「真了不起，居然還能動。」

最後留下來的禮物，應該可以長時間封鎖他們的行動。

真鐵看看自己的手，瞇起了眼睛。

「道反那些傢伙八成在打什麼主意。」

盤據的軀殼產生排斥作用，他握著鋼劍的手抖個不停，很難使力。

真鐵咂咂舌，對多由良使個眼色，把手中抓著的勾陣踢向河川。

「唔……！」

這樣的衝擊使勾陣無法呼吸，頭暈目眩。失去支撐力的她，眼看著就要落入濁流了。

「勾！」

大驚失色的叫喊聲震破耳膜。

忽然，全身重量都壓在左臂上。劇痛貫穿全身，她迸出戰慄的慘叫聲。暈眩、頭痛讓大腦搖晃得厲害，好不容易熬過去了，她才發現有人抓住了自己的臂膀。

只有一個人能在這種狀態下抓住自己的手。

「……騰……蛇……」

「勾，不要說話。」

銳利的聲音命令著她。聽到那語氣還是不減威力，她才安下心來。

被用力拉上來的勾陣，順勢靠在紅蓮的肩膀上。

以右手單手抱起勾陣的紅蓮，瞪著拉開一段距離的多由良和真鐵。

坐在多由良背上的真鐵努力地虛張聲勢，不讓敵人看出自己的狀況。

「協助道反的人們啊！我們崇拜的神就快降臨了，你們好好珍惜僅剩的短暫生命吧！」

多由良發現，撂狠話的真鐵臉上逐漸失去血色。

與敵人之間的距離很遠，現在也還有夜色幫他們掩飾，只要威嚇後馬上離開，應該就不會被敵人發現。

還沒找到大王的行蹤，當然擔心，但現在必須盡快讓真鐵回去休息。

最糟的狀況，頂多離開這個軀殼，回到真正的身體就行了。雖然捨棄這個力量很可惜，但是不管怎麼樣，從道反聖域搶來這個軀殼，主要是用來當祭品，並不是用來交換真鐵的生命。要不是靈魂出現，就不會變成這樣了。

「多由良，配合我。」

道反公主的力量爆發出來，遮蔽了神將們的視線。以靈爆衝擊封鎖紅蓮行動的真鐵和多由良，很快就趁亂跳過了河川。

「不要跑！」

紅蓮施放的白色火焰龍絆住了多由良的腳，但只燒到一些腳上的毛，沒能完全困住它。

正要去追轉眼消失在樹林間的妖狼時，紅蓮察覺下游有龍捲風爆裂的波動。

那是同袍的神氣形成的。

不是太陰就是白虎的風。由那種粗暴度來看，應該是太陰。

「騰……蛇……」

「我叫妳不要說話啊！」

勾陣不管騰蛇的聲音有多兇惡，用力扯開喉嚨說：

「昌浩……被……推落河裡……」

騰蛇倒抽一口氣，轉頭望向河川下游。那裡有同袍們的神氣聚集，難道是……

這時候，從下游吹來一陣風。是太陰的風，她知道勾陣和紅蓮在上游，特地送來了疾風。

「白虎也知道這件事，所以可能是……」

要彼此都是風將才能讀取風中的訊息，他們只能靠直覺來判斷。找到昌浩了。

勾陣鬆口氣，閉上眼睛，強烈的疲憊感與劇痛頓時襲向了她。

「……」

安心與憤怒的表情參半的紅蓮，注視著真鐵消失蹤影的森林。

他醒來時，玄武和兩隻守護妖都還緊閉著眼睛，沉在水底。剛開始，他搞不清楚自己現在所處的情況，頭腦一片混亂，幸好有蹲在水邊觀看的大蜘蛛做了簡單扼要的說明，他才恍然大悟。

聽大蜘蛛說還沒找到昌浩，白虎、天一、勾陣和太陰等四人都去搜尋了，紅蓮立刻追隨他們衝到了人界。

快要到最初遇見真鐵他們的地方時，就感覺到狂亂的靈爆和同袍放射出來的神氣。那股鬥氣是僅次於自己的神通力，然而，現在的勾陣應該連一半的實力都無法發揮。果不其然，被他猜對了。

紅蓮瞥一眼遍體鱗傷、閉著眼睛的勾陣，不高興地低嚷著：

「這個笨蛋。」

勾陣的眼睛微微動了一下。

「你在……說誰……」

「當然是說妳。」

「什麼……」

「給我乖乖閉嘴，笨蛋。」

嚴厲喝令不讓勾陣反駁的紅蓮，走向狂亂颳著太陰的風的河川下游。

✦ ✦ ✦

告別道反大神後，晴明猶豫著該不該跟從頭到尾不發一語的六合說些什麼。

打擊太過嚴重的宣告，把這個平常就沉默寡言、面無表情的男人的感情毫無保留地封鎖了。大半人生都跟神將們一起度過的晴明，第一次看到這樣的六合。

他自認年紀夠老，也累積了相當的人生經驗，這一瞬間卻深切體會到，那些經驗都毫無意義。他一點都不想知道這件事，但被迫知道了，也只能接受。

所謂「雕像般的表情」，大概就是指六合現在的模樣吧？這種表情的他突然改變了方向。

「六合？」

他們兩人正走向通往人界的千引磐石，晴明打算走遍整個出雲山中搜尋昌浩。他沒有任何線索，但是十二神將說不定已經掌握到什麼，他抱著這樣的一線希望。

聽到主人的叫聲，六合頭也不回地說：

「我想思考一下。」

「……」

晴明差點就脫口而出說「請便」。

六合的背部飄散著莫名的緊繃感，晴明目送著他離去，不禁搖頭嘆息。

他身上的勾玉裡有風音的靈魂，是令人震驚的事實，但六合對這件事的反應也令人驚訝。

那個六合竟然會……不，晴明看過與智鋪宮司對峙時的六合，所以並不能說這樣的六合是空前絕後，但還是很稀奇。

「我不能讓他做那麼殘忍的事。」

既然這樣，只好自己下手了。

使用離魂術的他，現在是力量最強的二十多歲時的模樣。他低頭看著沒有一絲皺紋的雙手，從他老謀深算的眼神就看得出他正在想什麼。

他是十二神將的主人，總是把最殘酷的任務交給自己。在收他們為式神時，他就暗自發下了這樣的誓言。

他深深嘆口氣，抬起了頭。

一陣風輕輕吹來。

那是神將颳起的風，晴明疑惑地皺起眉。

沒多久，太陰乘著風，從天空飛下來。

「晴明！」

翩然降落的太陰抓著晴明的衣服下襬，指向千引磐石。

「昌浩回來了！」

晴明啞然無言，不敢相信地瞪大了眼睛。

太陰滿臉通紅，拉著晴明往前走。

「是真的，白虎就要帶他過來了。」

從打擊中振作起來的晴明，聲音顫抖地問：

「昌浩的情況……」

白虎他們說過，要做好心理準備，昌浩的傷勢嚴重到隨時可能喪命。即使找到了，也無法確定安危。

「天一說他沒事，不知道為什麼，傷口都癒合了，接下來，只要靠他本人的體力復元……」

太陰還沒說完，晴明就衝出去了。

不管太陰怎麼竭盡所能地說明，還是要親眼看到才能放心。自從聽說昌浩被帶走後，他就擔心得差點縮短了幾年的壽命。

先來通報的太陰是為了早點讓晴明知道，以最快速度趕回來的。隨後回來的同袍們，是在晴明走到千引磐石時才到達聖域。

一看見被白虎抱在懷裡的昌浩，晴明差點當場癱坐下來。

「晴明?!」

紅蓮慌忙抓住晴明的手。搖晃的晴明，在紅蓮的攙扶下勉強挺住了。

心中百感交集，什麼話也說不出來。他摸摸昌浩昏睡中的臉，顫抖地嘆著氣。

沒有血色的肌膚冰冰冷冷，完全感覺不到生氣，但是的確有在呼吸。按住他的手腕，也有微弱但規則的脈動。

昌浩沒事，還活著。

終於有了這樣的真實感。

晴明單手按著額頭，長長吐出一口氣，彷彿把肺都清空了。

「去拜託女巫準備一張床給昌浩休息吧！」

「是。」

天一行個禮，向白虎使眼色。

兩人走後，太陰突然發現只剩下晴明，還有不能動的勾陣和紅蓮，慌忙跟著他們兩人走了。看到太陰的反應還是那麼明顯，紅蓮只聳了聳肩，什麼也沒說。

還止不住顫抖的晴明，好幾次深呼吸試著讓自己冷靜下來。紅蓮沉著臉對他說：

「喂！晴明，看情形我可能會再犯一次天條，你最好有心理準備。」

突來的宣言讓晴明瞪大了眼睛。

他想當成玩笑，但紅蓮的眼神是那麼認真。其實他也知道，紅蓮並不是那種會說謊、會開玩笑的人，每次觸犯天條，都要承受難以想像的絕望與痛苦，他卻暗示還會再犯第四次，可見事態有多嚴重。

「跟其他人相比，我最不受管束……所以必要時，就由我動手。」

被紅蓮抱著的勾陣眼睛微張，默默聽著他說的話。

只要她開口，就能憑三寸不爛之舌讓紅蓮閉上嘴巴。但她也看得出紅蓮下了多大的決心，所以知道不可能輕易推翻他心中所下的決定。

她自己也曾斬釘截鐵地說過，為了保護昌浩，她什麼也不怕，是那樣的決心堵住了

她的嘴。

晴明露出苦瓜臉，抬頭看著紅蓮。

除了玄武和太陰外，十二神將都比晴明高，所以大多要抬頭看。他突然想起，收他們為式神時曾經莫名地感嘆，神將的身軀真的比人類高大許多呢！

那時候，他萬萬沒想到，被他取名為紅蓮的凶將騰蛇會二次觸犯天條。也沒想過，自己的眼神會有變得這麼沉穩的一天。

紅蓮嘆口氣，往聖域深處的聖殿望去。勾陣察覺他的視線，挑起眉毛，全身僵硬了起來。紅蓮瞪著勾陣，勾陣也不認輸地狠狠回瞪他。

兩人之間頓時充斥著緊張的沉默。

晴明不知道他們在冷戰什麼，不解地偏起頭說：

「紅蓮、勾陣，你們怎麼了？」

兩人同時轉向了晴明。

「喂，晴明，你相信嗎？這個笨蛋竟然說她寧可自然復元，也不要在湖底沉睡。」

「別開玩笑了，我可不希望情勢在我不知不覺中全變了，這傢伙卻一點都不了解我的心情啊！晴明。」

「我當然了解！我比誰都了解，因為我自己才剛有過那樣的慘痛經驗。」

「硬要把自己有過的不好經驗推給別人，會不會太過分了！」

晴明心情複雜地看著兩名鬥將。

紅蓮的確是不久前才醒過來的，當晴明他們知道這件事時，他已經飛奔到人界了。那麼做雖然是為了治癒傷口，卻不得不暫時脫離戰線，就在那段期間，昌浩下落不明，勾陣又受了那麼重的傷，所以對他來說……

「慢著，喂，勾陣為什麼會傷成這樣？」

被晴明這麼一問，展開舌戰的兩人停了下來。

對了，晴明一直待在聖域，所以不知道出雲山中發生了什麼事。

晴明盯著勾陣看。

她看起來筋疲力盡，除了嘴巴外，其他部位從剛才就沒動過。跟紅蓮是展開了唇槍舌劍，語氣卻比平常遜色許多了，說得有氣無力。虛弱下垂的手還沾著血跡，全身到處都有撕裂傷，讓人目不忍睹。

面對晴明檢視般的眼神，勾陣板起臉說：

「我跟真鐵正面交手了……親身體驗到，騰蛇跟六合為什麼會被逼入那樣的險境。」

現在她才自我反省，為了讓白虎逃走，自己一個人對付真鐵和多由良似乎有點太冒險了。

結果白虎在回聖域途中遇到太陰，就那樣折回去了，所以晴明什麼也沒聽說。

不過現在已經找到昌浩，把他帶回來了，所以應該沒問題了。只要有好的結局，過程並不重要。儘管還沒有完全結束，甚至有才剛要開始的感覺，也沒有人可以責怪她試著往好處想吧？

默默傾聽的紅蓮，露出一張苦瓜臉轉向晴明。

「她的傷就是這樣來的，被打得很慘。」

沒錯，傷勢最嚴重的腰部，皮膚在裂開的衣服下爆開來，還露出鮮紅的肉，一點一點地滲出血來。應該是被刀所傷的右肩看似止血了，骨頭卻變了形。因為紅蓮只用右手抱著她，所以她的左手是搭在紅蓮肩上，但也是無力地垂下來。

「說出來也許有點可笑……」

「嗯？」

晴明好像很有感觸，紅蓮等著聽他到底要說什麼。

「我覺得你可以毫不費力地用一隻手抱起比我高的勾陣，真的很厲害呢！紅蓮。」

一時之間，紅蓮不知道該怎麼回答，這個感想既脫節又缺乏警覺性。

「呃……再怎麼說，我都是最強的神將。」

「騰蛇，你這麼回答也很奇怪吧？」

被勾陣冷靜地批評，他卻一點都不想反駁，只是拉下臉保持沉默。

晴明眨了眨眼睛，他完全不覺得自己說了什麼很奇怪的話。

「啊，先不談這個了……如果不想藉助瑞碧之湖的力量，只好靠我的法術治癒到某種程度，可是，嚴重的地方要花些時間。」

晴明先這麼聲明後，開始撫摸勾陣的右肩和左手，診斷傷勢。勾陣雖沒叫出聲，但臉部扭曲、呼吸困難，晴明由此判斷需要相當長的時間才能痊癒。

「身體的傷口要先縫合，左手只是骨折，很快就能治好，至於肩膀，就需要花點時間了。」

右肩的骨頭全碎了。她若不是神將，恐怕從肩膀以下都被扯裂了。

想到她平常都是以右手握筆架叉，晴明就愁眉不展。

「在完全復元之前，行動恐怕會很困難。萬一發生什麼事，也不方便用武器……」

「沒問題。」

答得又快又乾脆的不是勾陣，而是紅蓮。

大概是打消了把她丟進瑞碧之湖的念頭，紅蓮走向道反女巫所在的正殿。

「走啦！晴明，昌浩在等你。」

晴明慌忙繞到開始往前走的紅蓮前面。

「等等，你說勾陣的傷沒問題是什麼意思？」

「你不是說左手很快就能治好？」

「沒錯啊！」

「那就沒問題啦！」

聽到紅蓮沒頭沒尾的話，晴明的語氣也急了起來。

「拿武器的手不能用，你還說……」

「勾是左撇子。」

紅蓮直接打斷了晴明的話。

這個出乎意料之外的回答讓晴明目瞪口呆。

這是他第一次聽說。

「勾陣，是這樣嗎？」

勾陣本人也驚訝得張大了眼睛。

「沒錯……」

「所以我說沒問題呀！走啦！晴明。」

紅蓮快步往前走，晴明看著他的背影，眨了眨眼睛。

「……觀察得真仔細呢！」

9

鳥嚶嚶鳴叫著。

在朦朧恍惚中聽著鳥叫聲的彰子，覺得耳朵深處留著某人的聲音，茫然地張開了眼睛。

「……誰？」

好像作了夢，但完全不記得是怎麼樣的夢。

她爬起來，按著額頭，閉上眼睛。

有人叫著彰子，一次又一次重複叫著，但她想不起來是怎麼樣的聲音。聽起來好遙遠，所以不能確定是不是真的在喊彰子的名字。

不過，就算喊的不是彰子這個名字，也的確是在叫她。

她摸摸戴在左手上的瑪瑙飾物，偏起頭思考。

是沒什麼不祥的感覺，但終究是個不折不扣的怪夢。

「是不是最好告訴晴明大人或昌浩呢……」
問題是，兩個人都去了道反還沒回來，想說也不能說。
梳洗整裝完畢後，彰子掀開竹簾，眼睛被陽光扎得瞇了起來。
「今天的天氣也很好。」
不知道昌浩現在起床了嗎？
「希望出雲也是晴天。」
藍色的天空與全世界相連接，所以這裡的風也會吹到出雲吧？
彰子望著藍天，突發奇想。
如果不是夢見被不認識的人呼喚，而是被認識的人呼喚，該多開心啊！
以前昌浩去出雲時，晴明曾教過她咒語。
只要唸那個咒語，就可以見到想見的人。那時候，她不知道昌浩什麼時候才會回來，坐立難安，最後終於忍不住使用了那個咒語。
「昌浩，你什麼時候才會回來呢？」
當每天見面成為習慣時，這個習慣消失，就會覺得寂寞。
她知道這麼想太過奢侈，卻還是覺得有點寂寞。

✖ ✖ ✖

張開眼睛，四周一片柔和的光線。

「天亮了……？」

頭腦還沒完全清醒的他這麼嘟囔時，眼前突然冒出一張白色的臉。

「天是亮了，可是你還不能起來。」

孩子般的高八度聲音嚴厲地制止他。

身體大小像小狗或大貓的白色怪物吊起夕陽色的眼睛看著昌浩。長長的耳朵和尾巴咻咻甩動著，額頭上紅花般的圖騰看起來特別清楚。像勾玉般的凸起環繞脖子一圈，讓人想起六合掛在胸前的紅色勾玉。

彷彿畏光般瞇起眼睛的昌浩，慢慢轉動脖子環視周遭。

一張沒有靠背的長椅與昌浩躺著的床成直角擺放著，上面鋪著長方形的被褥。伸直腳坐在那上面的勾陣，手、腳都纏著白色繃帶。

背靠著長椅坐在地上的太陰察覺昌浩的視線，鬆口氣，垂下了肩膀。

天一就站在昌浩床邊，應該是一直陪伴在他身旁。

「呃……我睡了多久？」

好像應該先問自己為什麼躺在這裡吧？因為這之前的事他完全不知道。

他茫然想著該從哪裡問起呢？還是先整理自己的思緒吧！

於是，他閉上眼睛挖掘記憶。

到達道反聖域是在半夜，與攻擊道反聖域的賊交手是在破曉時分，陷入險境是在天將亮時，然後——

「啊！」昌浩張開眼睛問小怪，「那個在紅光裡的人是風音？」

小怪困惑地眨眨眼睛，想到昌浩是在說哪時候的事，才點了點頭。

「是啊！那是風音。好像因為種種緣故，靈魂待在六合身上的勾玉裡。」

把道反大神深愛女兒的感人故事、烏鴉和大蜘蛛復活的過程，都簡單扼要地歸納成「種種緣故」的小怪舉起一隻前腳，又滔滔不絕地接著說：

「後來你被真鐵他們抓走，我們花了一整天的時間才找到你。總之，先把你帶回來這裡，向道反女巫借了房間讓你休息。那之後又過了兩天，所以前前後後加起來，我們來道反聖域已經第三天了。」

嗯嗯點著頭傾聽的昌浩，努力在大腦裡彙整概略的過程，以掌握現況。因為失血過多，頭還有點昏沉沉的，但大致上都了解了。

他用力地吁了口氣。

「太好了，可以平安回來。」

這樣的感嘆，讓四名神將的心情都沉重了起來。

「就是啊……勾他們拚了命到處找你，你要謝謝他們。」

「啊，嗯。」

昌浩乖乖點頭，突然發現小怪的話有語病，皺起了眉頭。

「咦？不對啊！你呢？小怪。」

特地用「勾他們」的說法，意思就是小怪並不包括在內。

被質疑的小怪，整張臉懊惱到了極點。

「……因為種種緣故，我脫離了戰線。」

「你嗎？小怪。」

昌浩非常清楚，小怪的原貌是十二神將中最強的兇將，這樣的紅蓮竟然不在最前線。

把夕陽色眼睛瞇成細縫的小怪，不悅地喃喃唸著：

「那是不可抗拒的阻力啊……不……要怪勾，都是勾不好！」

被狠狠指著鼻子罵的勾陣，一副深感遺憾的樣子瞪著小怪。

「真過分，你謝我都來不及了，竟然還責怪我。」

「都是妳害我在湖底沉睡了一整天！」

「要是沒那一天，你現在還不能動呢！」

「那麼，妳也去湖底沉睡呀！」

「這個跟那個是兩回事。」

怒氣沖沖的小怪與四兩撥千斤的勾陣之間的對話，昌浩聽得一頭霧水。

去湖底沉睡是什麼意思呢？難道是沉入那個湖底就能治好傷口嗎？他沒聽過這種事。

還是等一下再問爺爺吧！他半認真地這麼想，然後砰砰敲打還鬼吼鬼叫著「都是妳、都是妳！」的小怪的頭。

「那麼，呃……我一直都待在哪呢？」

說真的，他並不記得被抓走的事，後來的記憶也是片片段段。

只記得好像是躺在某個地方，那裡有點昏暗，聽得到雨聲。不過沒有淋到雨，所以應該是在什麼東西底下。

沉默許久的天一表情嚴肅地說：

「昌浩，你是不是跟什麼人在一起？」

小怪和勾陣都訝異地看著天一，太陰也張大眼睛等著聽她說下去。

「白虎跟我說過的大腿和背部的傷，都用白布包紮起來了。不只這樣，還明顯做過治療……你在那種狀態下，不可能自己那麼做……」

而且用來包紮傷口的布，跟昌浩身上穿的衣服是不同的布料。

昌浩眨眨眼睛，在模糊的記憶中搜索，想起了某個人。

「呃，慢著……啊！對了，應該是比古。」

「比古？」

「嗯，比古，原來那個傳說是真的呢！」

◇　◇　◇

身旁響起火嗶嗶剝剝爆裂的聲音。

靠近聲音那邊的手有股暖意，昌浩緩緩地張開了眼睛。

在朦朧不清的意識裡，只鮮明地映出火焰的顏色。

他正覺得奇怪，怎麼會有火燃燒，就聽到一個活潑有力的聲音。

「啊！你醒了？」

昌浩以慢動作轉動脖子移動視線，看到火堆旁有個少年弓起單腳膝蓋，坐在地上。

年紀應該跟自己差不多，身上穿的不是狩衣、狩袴，而是很像道反大神穿的那種衣服。

「你冷不冷？要不要更靠近火堆？肚子餓不餓？不過，也沒東西可吃。」

「啊……我還好。」

這麼回答後，昌浩趕緊確認自己身體的狀況。背部和大腿的傷勢應該很嚴重，連他自己都覺得還能活著很不可思議。

他伸出重得像鉛一樣的手去摸大腿，發現傷口已經纏上了布。看到昌浩的動作，少年微微挑起眉毛制止他說：

「不可以摸，好不容易才止血。」

昌浩用力望向傷口，看到衣服外面纏住了白布。在火光的照耀下，分不出是白色還是未經加工的布料。

「放心吧！你的傷勢雖重，但不用擔心，因為我擅長治療這種傷。」

為了安撫昌浩的心，少年說得很慢。可能是知道昌浩失血過多，腦袋還不清楚吧！

「擅長……？」

好像爺爺哦！昌浩這麼想。

少年嗯地點點頭說：「就是借神的力量，使用咒語來治療，所以你不用擔心。」

原來是這樣啊！昌浩恍然大悟，鬆了一口氣。

高龗神有時候也會幫這種忙。不過，神都很自我，並不是隨時都會幫。幫助昌浩的神，應該只是一時心血來潮吧！

雨淅瀝淅瀝下著。在自己失去意識期間，不知何時下起了大雨。

紅蓮他們怎麼樣了？真鐵他們跑去哪裡了？還有，紅光中那個身影是……？

「你被咬得很嚴重，是野獸咬的嗎？」

這麼說的少年，表情就像痛的是自己，昌浩敷衍地對他點了點頭。

那的確是野獸，但不是一般野獸。而且，背部是被真鐵的靈力所傷，應該不像是被野獸咬傷的。他大概是沒看得那麼清楚吧！尤其是從內部爆開的傷口，更不容易看清楚。

「這個季節不缺食物，野獸通常不會攻擊人類，你一定做了什麼吧？」

少年苛責似的嘆口氣，昌浩不能對他說實話，只好保持沉默。少年把他的沉默當成肯定，邊折斷樹枝丟進火裡，邊苦笑著說：

「果然是這樣，受到慘痛教訓，以後不敢了吧？算你運氣好。」

「是、是啊……」

運氣的確很好。到目前為止，他好幾次差點死掉，都熬過來了，但是不會永遠都這

麼幸運。

「對了，我……」

「嗯？」

丟進火裡的樹枝發出爆裂聲。

他結結巴巴地問轉向他的少年：「我不記得我為什麼在這裡……」

光是說話而已，呼吸就變得很急促。身體連動都很困難，腦中一片空白，應該是失血過多的關係。

「我正好看到你卡在這條河的岩石上，雨下得那麼大，水流又急，要不是我經過，你就沒命了。」

昌浩邊聽他說，邊看著四周。

看起來像是岩石層層堆砌起來的洞穴。

腦海中浮現紅蓮、六合他們的身影，昌浩嘆著氣說：「他們一定很擔心……」

少年聽見，也面帶愁容地說：

「嗯，絕對很擔心，我也擔心他們。」

昌浩驚訝地看著他，他垂下肩膀，微低著頭說：

「我的兄弟外出打獵，一直沒回來，我擔心他們會不會受傷了，所以出來找他們，

可是……」

少年深深嘆息，望著洞口。

「這場雨恐怕還要下很久，你的家人一定也很擔心你……對了，」少年轉向他，偏著頭說：「你叫什麼名字？」

可能是突然想到還沒有問彼此的名字吧！昌浩喘著氣回答他：「昌、浩……」

「昌浩？」他嗯嗯地點點頭，眼神顯得平靜多了。「我叫比古。」

比古？昌浩在心中複誦。

神話裡有好幾個神的名字都有比古兩個字，出雲是瀰漫著眾神氣息的地方，他身上說不定流著神的血。

差不多撐到極限了。

昌浩閉上眼睛，難過地喘著氣。其實還沒閉上眼睛前，腦袋就因為貧血昏沉沉了。

說到神的血脈，他想到一件事。

自己身上流著異形的血。那是上通天神的天狐之血，所以落入因雨水而暴漲的河川還能活下來，說不定是靠異形之血保住了性命。

但是，不能掉以輕心。這個血會削弱自己的生命。天狐之血一覺醒，原有的壽命就會縮短。

想到這裡，昌浩驚慌得張大眼睛，伸出右手在衣服上觸摸胸口一帶。

「……還在……」

他安下心來，鬆了一口氣。

道反的丸玉和彰子的香包都還在。因為沾滿泥水，香味都不見了，但是裡面滿滿的情感比什麼都重要，無可取代。

他在心中為弄髒這些東西道歉，又閉上了眼睛。

多少必須恢復一些體力才行。

奇怪的是，他並沒有閉上眼睛就可能再也醒不來的恐懼。

比古說不用擔心的聲音，是不含雜質的言靈，聽起來很像晴明說的話。

所以他覺得不用擔心，沒有產生絲毫的疑問。

颼颼涼意襲來。

張開眼睛看到的世界是黑漫漫一片。

雨聲還是響個不停。潮濕的空氣裡彌漫著煙臭味，大概是木柴燒光了，火堆也熄滅了。

身體一動，衣服就沙沙作響。除了雨聲和這個聲音外，什麼也聽不見。

昌浩眨眨看不見的眼睛。

「……比古？」

沒有回應。

小心觀察四周的昌浩，聽到遠處傳來野獸的叫聲。

那是狼嗥。

他屏氣凝神，聽到好幾個腳步聲從雨聲前方慢慢接近。

他護著還在痛的背部和大腿，靠手肘努力把身體撐起來，每動一下，劇痛就貫穿全身，痛得他呼吸困難，額頭直冒冷汗。

身上的衣服被泥水沖洗過，所以稍微減弱了滲入衣服裡的血腥味。只要風向對昌浩有利，就可能不會被野獸發現。

然而，他想得太天真了。

洞穴入口處，已經聚集很多野獸往裡面窺探。人類聞不到的血腥味，野獸的嗅覺可以輕易捕捉到。

「有人在嗎？」

昌浩倒抽了一口氣，就這樣被對方察覺到他的存在。

「不是珂神，是誰在那裡？」

黑暗中浮現出閃閃發亮的眼珠子，是一雙烏黑的眼睛。

突然，胸口撲通跳了起來。

紅色螢火蟲……那蠢蠢欲動的紅色光芒，不是螢火蟲，而是什麼東西的眼睛吧？

於是，他想起燃燒的紅色河川、想起成親作的夢。

這裡是出雲——

心臟怦怦跳個不停，後頸一陣涼意，昌浩瞪著黑暗，屏住了呼吸。

無數的腳步聲在雨聲中慢慢逼近。

比古是出去找兄弟了嗎？還是知道有野獸來襲，先逃走了？

不管怎麼樣，昌浩都很慶幸他不在。

火光照耀下的比古被染成了橙色，所以根本看不清楚他的模樣。但是，可以在這種地方遇到差不多年紀的男孩，讓昌浩有種莫名的喜悅。

如果精神再好一點，就可以跟他閒聊了。

洞穴內響起威嚇的咆哮聲。

「你是敵人！」

靠得很近的烏黑雙眸映出昌浩的身影。

就在這時候，無數的黑影撲向昌浩，那之後的事，他就不記得了。

◇　◇　◇

默默聽著昌浩說話的所有人竊竊私語，彼此互望著。

才剛醒來就說了這麼多話，昌浩有點疲憊似的嘆著氣。

「昌浩，我去倒水給你吧？」

天一關心地問，昌浩點點頭，轉向小怪說：

「比古不在附近嗎？他不會有事吧……」

小怪以詢問的眼神望向太陰和勾陣，但兩人都搖了搖頭，他們都沒看到十四、五歲左右的少年。

「會不會是看到魑魅狼群聚集，覺得危險就跑了？」

「嗯，我也這麼想。」

昌浩點頭表示贊同，小怪憤怒地聳起肩膀，齜牙咧嘴地說：

「既然救了你，就該負責到底，展現成為你盾牌的氣魄嘛！」

「小怪……這麼說太過分了。換了是我，也不想帶著一個受傷的人跟那群狼交戰呀！」

「那麼，一開始就不要救呀！……不過，也幸虧他救了你。」小怪最後還是不得不認同這一點，半垂下眼睛說：「找到他是該跟他說聲謝謝，可是中途把你丟下不管，叫你怎麼辦呢，真是的……」

昌浩苦笑地看著嘀嘀咕咕抱怨了一長串的小怪，漫不經心地說：

「看樣子，我恐怕沒辦法活太長。」

老是受這麼嚴重的傷，總有一天會救不活。

「總覺得每次都死裡逃生，應該會縮短壽命。」

啊，可是這麼說，小怪會很生氣吧！

想到這裡，昌浩抬頭看看小怪，心想要在它生氣前道歉才行。

然而，看到小怪的眼睛，昌浩就什麼也說不出來了。

小怪沒有生氣。眼眸裡沒有任何感情。張大到不能再大的夕陽色眼睛凍結了。白色四肢僵硬，一語不發地注視著昌浩。

昌浩慌張到連自己都覺得驚訝。

他知道自己說了不該說的話，內心急得不知道該怎麼辦才好。

突然，他想到有勾陣在。

但也只能轉動脖子向她求助，嘴巴連張都張不開。

勾陣和太陰都面無血色，緊繃著臉。

神將們都知道，人類是多麼脆弱、生命是多麼短暫無常，現在跟他們一起度過的時間，其實是非常微渺的。

在神將存活的時間裡，人類的生命只是眨眼般的短暫季節；人類終究會棄神將而去。

而人類本身卻從來沒有想過這樣的事。

「啊……呃……」

拚命找話說的昌浩，用力扯開了僵硬的喉嚨。

「對、對不起。」

他只能為自己說了很殘酷的話道歉。

僵硬的小怪終於顫抖著肩膀說：

「你起碼要分清楚什麼話該說，什麼話不該說。」

顫抖的語調裡少了霸氣，昌浩聽得很想哭，嗯地點了點頭。

他說的都是真心話，「很可能會縮短壽命」的想法是有根據的，所以才會深深傷了小怪他們的心。

語言會成為武器，這一點他絕不能忘記，他已經夠讓他們擔心了。

抑鬱的沉默持續著。

如坐針氈的昌浩看看室內說：

「……對了，六合跟玄武呢？」

「玄武還在湖底呢！他的傷勢不輕，可能還要一段時間。」

搞不清楚是什麼湖的昌浩，只能說「這樣啊」，含糊其詞地點點頭。心想等身體好一點，再把這件事問個清楚。

就這樣，好不容易找到了別的話題。

昌浩想起跟真鐵交手時救了大家的紅光，瞇起眼睛說：

「原來……風音是在六合身上的勾玉裡啊！」

所有人都點了點頭，昌浩又滿臉困惑地問：

「為什麼？」

剎那間，神將們都不知道該怎麼回答，昌浩皺起眉頭，望向天花板。

「她是道反公主，應該待在這裡才對，怎麼會在那個勾玉裡呢？」

以前問六合時，六合說那是替某人保管的東西。可見他是知道勾玉的祕密，卻什麼也沒說嗎？

「為什麼不說呢？」

看到昌浩一臉茫然的樣子，小怪舉手說：

「不，六合自己應該也不知道這件事。風音冒出來時，他也很驚訝。」

「這樣啊！那麼……」昌浩的表情顯得愈來愈疑惑了。「那個勾玉為什麼會在六合身上？」

「因為，」保持沉默的太陰終於開口說：「六合喜歡風音。」

昌浩瞪大了眼睛。

「原來是這樣啊……」

一旁的小怪驚訝得張大嘴巴，一句話也說不出來。

太陰看到他們兩人的反應，才想起六合跟風音對峙時，這兩個人幾乎都不在場，就算在場也沒心情注意這件事。

太陰開始擔心是不是自己想太多，向幾乎每次都在場的勾陣確認說：

「是這樣沒錯吧？勾陣，風音怎麼想我不知道，可是六合……」

勾陣點頭說沒錯。

「哦，這樣啊！」驚嘆不已的昌浩，又提出理所當然的疑問，「為什麼呢？」

「是啊！為什麼呢……」

太陰也不由得點點頭。她從來沒有深思過這件事，現在才想到六合為什麼會喜歡風

音呢？小怪好像還在埋頭苦思中，眉頭深鎖，沉默不語。風音做過的事，在它腦海裡浮現又消失，但是它自己也做過很多事，所以不知道該怎麼反應才好。

「六合他……」雙臂環抱胸前的勾陣這麼起了個頭，昌浩和太陰都把視線集中在她身上，她深思熟慮地接著說：「應該是從同情變成了愛情吧！因為他是個感情豐富的人。感情這種東西很難用道理來解釋，恐怕六合自己都說不清楚。」

「啊！原來如此。」

算是有點懂了。

就是情感轉移之類的現象。不過，後來聽說風音的身世、成長過程，昌浩也替她覺得難過。只是風音實在做過太多讓人覺得「做得太絕」的事，所以昌浩沒辦法坦然接納她。

但是，小怪就在他眼前滿臉嚴肅地思考著。他並沒有因此失去任何人，所以也沒有必要繼續苛責風音。

「聽說她最後一直道歉呢！」

「六合說的？」

勾陣點點頭，微微一笑說：

「只有那一次，六合自己提起了風音的事。」

就在昌浩回來，而小怪……紅蓮忘了所有事的那期間。六合會主動說，大概是認為必須把她最後的遺言傳達給大家吧！但是，真的只有那一次，那之後，六合再也沒有提起過她的事。

「是嗎……那就算了。」

說她做得太絕一點也不為過，但是這麼說，只會把自己傷得更深，最好還是想些更溫馨的事。

「真的……就這樣算了？」小怪向他確認。

他眨眨眼睛看著小怪，伸出手抓抓它的頭笑說：

「你又露出很痛的表情啦！不要這樣，痛的人是我啊！」

痛的人自己都說算了，所以小怪不必表現得像是自己的疼痛。

當昌浩搔著小怪白色的頭時，天一拿著水壺回來了。

太陰發現天一老是看著關上的門，疑惑地問：

「妳怎麼了？」

「啊，沒什麼，只是剛才在那裡遇到六合，我跟他說昌浩醒了，他說他知道，然後就走了……」

所有人都倒抽了一口氣，原來六合一直站在外面聽？

大概想進來也不方便進來吧？真是做了對不起他的事。

昌浩猛搔著自己的頭時，太陰突然「啊」了一聲。

所有人都把眼光朝向她，問她怎麼了，她面帶難色，心神不寧，眼神飄忽不定。

天一把水壺放在床邊的桌上，訝異地看著她。

太陰戰戰兢兢地抬起頭，對勾陣說：

「呃，勾陣，我剛剛才想到一件事。」

「嗯？」

太陰的視線從雙臂環抱胸前的勾陣、天一、昌浩、小怪的身上一一掃過，卻支支吾吾地不知從何說起。

「怎麼了？太陰，有話就快說啊！」小怪催促要說又不說的太陰。

在嘴裡咿咿唔唔半天後，太陰才下定決心似的說：

「風音一直在那個勾玉裡吧？」

「好像是。」

沒親眼看見風音現身的勾陣，根據聽來的話點著頭。天一也以眼神回應。

「六合隨時都把那東西掛在脖子上吧？」

昌浩和小怪在記憶裡搜索。沒錯，從來沒看到他摘下來過。有一次天狐玩弄那顆勾

玉，他還爆發出淒厲的鬥氣，現在昌浩和小怪才知道他會那麼激動的理由。

撇開風音的靈魂不說，光是心愛女人的遺物，就足以激怒他了。

「作戰時，他好像都會收進懷裡。」

昌浩這麼說，太陰的眉頭鎖得更緊了。

「也就是說……他一直把風音擁抱在胸前？」

四雙眼睛都睜得很大。

沒錯，風音在勾玉裡面，而六合總是把勾玉掛在脖子上，讓那顆勾玉在胸前晃來晃去。

但是風音在沉睡中，六合也不知道這件事，所以嚴格來說應該不是他們想的那樣。

不，不對，儘管他不知道，守護妖們還是對他充滿了敵意，就是因為真如他們想的那樣吧？不、不，這才真的是想太多了。該怎麼說呢，如果真是那樣，那些守護妖們不會輕易把風音交給他吧？……也可能是因為風音本人哭著要求，才交給了他。

這種捕風捉影的想法席捲過所有人的大腦。

「……不要想了吧！」

就在大家快想破頭時，小怪冒出這麼一句話，大家立刻同意了。

幽然佇立在山腰處的房子，是古老的建築樣式。
周遭有看不見的壁壘守護著，自成一個連山之古比也進不去的空間。
附在風音身上的真鐵，看著躺在其中一個房間的年輕身軀。
「真鐵，時間差不多了。」
真鐵回頭看著在門口叫他的灰黑狼，笑著說：
「嗯，走吧，多由良。」
他把鋼劍插在腰間，走出房間。
「復活儀式結束，就可以回到本體，你快解脫了，真鐵。」
真鐵摸摸替他擔心的多由良的頭，瞥一眼最裡面的房間說：
「珂神回來了？」
多由良點點頭，瞇起了眼睛。
「母親正陪著他，復活儀式結束後，荒魂就會現身了。」
看到多由良作夢般的表情，真鐵輕笑著說：
「我們九流族的願望終於快實現了。」
因此，將在這個破曉時分，把這個軀體獻給荒魂。

10

河川燃燒著。

澎湃洶湧的河水被染成紅色，不知何時冒起了濃密的瘴氣。

晴明到達鮮血般深紅的河川旁，眯起眼睛觀察狂吹的風。白虎擔心淋雨會傷害他年邁的身體，用風撥開了雨水。但是，到處彌漫著妖氣和瘴氣，所以他的神氣只能發揮平常一半的力量。

雨下個不停，地盤鬆動坍崩，把住在山裡的野鼠拖進了河裡。

野鼠碰到水，發出了慘叫聲。

與帶著黏度的紅水接觸的地方咻咻冒起白煙，野鼠很快就被燒爛，沉入河底了。

冒起的白煙逐漸消失在傾盆大雨中。

站在水流轟轟的岸邊，晴明和身旁的白虎都看得目瞪口呆。

他在京城時作了夢。

夢見燃燒的河川。

現在，跟夢裡一模一樣的光景就在眼前。

一股怒潮捲起更高的波浪。

閃電劃過黑雲。

水濺起浪花，雲中響起咆哮聲，像是在呼應雷鳴。

潛伏在雨水裡的妖氣濃烈到快呈現出具體形狀了。每滴雨水都像魚鱗般，反射著雷電閃光。

當勾陣說出真鐵提到的神名時，晴明起初無法相信。

但是，就在她說出口的瞬間，被道反大神震天價響的聲音喝止。

《千萬不要叫出那個名字——！》

叫出來，就會啟動言靈。尤其是你，安倍晴明，你的言靈強過一般人。不小心叫出那個名字，可怕的異形就會馬上降臨。

「這雨是鱗片？」

低喃的晴明臉色凝重地望著河川。站在他背後的白虎，看到在黑雲裡飄浮的紅色螢火蟲。

不，那不是螢火蟲。

陰陽師作的夢別具意義，他比誰都清楚，卻被眼前的景象迷惑，沒看到重要的部分。

這裡是出雲國，彌漫著神濃濃的氣息，把這整個國度稱為聖域也不為過。

原來如此，那驚人的妖力可與神匹敵，所以稱為神也不足為奇。

紅色螢火蟲在頭頂上的烏雲裡飛舞。河裡的水怒潮奔騰，直直衝向黑雲，捲起波浪。

在水裡蠕動的巨大黑影已經有了清楚的形體。

幾乎把他們壓倒在地的強烈瘴氣，濃度愈來愈高了。

晴明懊惱地皺起眉頭，轉身離去。

「回去吧！白虎。」

風將白虎的風圍住兩人，瞬間升上了天空。

紅色怒潮與天上黑雲相連接的地方、瘴氣最濃烈的地方，到底在哪裡？在黑雲裡飛舞的螢火蟲，是怪物的眼睛。那個本體究竟想在哪裡降臨？

晴明仔細觀察過，但怎麼也找不出來。

那地方被完美地隱藏起來了。靠眼睛搜尋，絕不可能找得到。

「彼目如赤加賀智⑦爾，身一有八頭八尾……」

晴明無意識地唸出神治時代的記載。

「晴明，不要再唸了。」

「嗯，我知道。」晴明對白虎點點頭，咬咬嘴唇說：「到了這把年紀，居然不得不面對神話……」

連道反大神都心存畏懼的神治時代大妖怪。

真鐵稱它為「荒魂」，企圖使它復活。

它的名字是——八岐大蛇。

回到聖域後，晴明借用正殿的一個房間占卜。

沒有正式道具，只能顯現大略的結果。他以布代替地圖，而落在布上的出雲玉石指出了他所預測的位置。

就是神治時代，八岐大蛇棲息的那座山。

「有件事，我怎麼樣都想不通。」晴明低聲對只以視線回應他的白虎說：「被封鎖在這個聖域裡的東西究竟是什麼？為什麼會是讓那個怪物復活的關鍵……」

忽然，有人影出現在他們身旁。

戴著天冠、梳成角髮⑧、髮上插著細齒梳子的道反大神，面有難色地看著晴明手上的東西。

晴明向大神一鞠躬，看著出雲玉石說：「大神，祢會回答我的問題嗎？」

將近壯年模樣的道反大神眼神嚴厲，以沉默催促老人繼續說下去。

「被封印在湖底的東西到底是什麼？既然是讓那個怪物復活的關鍵，那麼，我大約可以猜出是什麼，所以你說出來也沒關係了。」

對方是單槍匹馬阻擋黃泉大軍的天津神，所以當然不是被晴明尖銳的語氣壓倒才做了回應。

「……是第八個頭的額頭鱗片。」

晴明閉上了眼睛。

竟然是最後被砍下來的那個頭的額頭鱗片。

原來如此，被打倒的蛇神最深、最強、最濃烈的怨念，就是沉澱在那裡吧？那個怨念非常驚人，所以打倒大蛇的素戔嗚尊⑨剝下了其中最大的鱗片。因為縱使把所有的頭都丟進簸川裡，只要有對於打倒自己的神的怨念沉澱，大蛇就可能從那裡重生。

「到底是什麼人搶走了鱗片？」

道反大神搖搖頭說：「不知道，因為我不曾直接處理過地面上的事務。從遠古時代就在這個國家扎根的比古神們可能知道，但是他們不喜歡接觸天津神。」

晴明把出雲玉石的位置與他從天空俯瞰時的地形相對照。

他已經記住出雲國的大致形狀。有正確的地圖當然最好，但現在不能奢望太多。

神治時代，素戔嗚尊打倒八岐大蛇的地方，就在出雲與伯耆國境附近的山中。

最適合大蛇本體復活的地方，應該就是被打倒的地方。

將八岐大蛇稱為荒魂、當成神明祭拜的祭祀王一族，是絕對上不了正式歷史舞台的不順從朝廷之民。

不過仔細想想，他們說的話也有道理。所謂這片土地的「真正大王」，或許說得沒錯。現在統治出雲國的國司是朝廷派來的人類。如果在天津神降臨這個國家之前是由他們統治這片土地，那麼，他們當然會這麼主張。

對他們來說，天津神才是侵略者。

「他們是想讓八岐大蛇再度降臨，奪取霸權……？」

聽到晴明喃喃自語，大神對他投以責備的眼神，因為祂連「大蛇」這名字都忌諱。

恐怕所有與八岐大蛇相關的名詞，在道反聖域都是忌諱吧。女巫也很堅持，不會說得太白。

「要讓曾經滅亡的怪物實體在這世上重生，需要祭品。」

晴明聽出大神話中的意思，把嘴唇抿成了一條線。

真鐵等人很可能是打算把奪走的風音軀體當成祭品，讓現形的大蛇留在這片土地上。

但是，沒有風音的軀體時，他們原本是想用什麼留住大蛇呢？

依照常規，獻給神或異形的祭品必須是純潔無瑕的少女。

可能是打算從附近村落擄走年紀差不多的女孩吧！雖然要把大蛇留在這世上的鎖鏈，必須是擁有靈力的少女，但絕對找得到。出雲國有很多神社寺廟，裡面應該會有具備這種條件的女巫。

想著想著，心情愈來愈低落，晴明甩了甩頭。

想到能把真鐵靈魂拖出來的唯一辦法，他的表情就變得更陰鬱。

他還聽說過，簸川是八岐大神的化身。河裡的水是從大蛇身上流出來的體液，因為不時從它被燒爛的腹部滴下毒液。

彌漫河川的瘴氣，簡直就是大蛇毒血冒出來的熱氣。

「安倍晴明，剩下的時間不多了。」

大神的語氣帶著些許強硬，晴明訝異得屏住氣息，緊張地看著神。

與磐石同樣顏色的雙眸露出嚴厲的眼神。

「破曉時分就是期限，必須在那之前讓軀體得到解放，帶回這裡淨化，否則風音就會……」

突然，門被推開，六合出現了。

白虎和晴明都訝異得張大了眼睛，六合用缺乏抑揚頓挫的語調說：

「晴明……讓我動手。」

在他胸前搖晃的勾玉只是冷冷地閃爍著，沒有任何其他反應。為了奪回軀殼，讓勾玉裡的靈魂有回歸的地方，他必須拖出真鐵的靈魂，解放軀殼。

晴明欠身向前說：「可是，六合，那等於……」

那等於是要殺死風音——也就是殺死人類。

紅蓮說過，比起其他同袍，自己最不受管束，但真是那樣嗎？他只是不想讓同袍們經歷同樣的痛苦，覺得由自己獨自承受永生的責難就夠了。

但是，六合也觸犯過一次天條。

雖然對方可能已經不是人類，可是六合說，就算會觸犯天條，他還是會做同樣的事。

對六合來說，在他殺死自稱是智鋪宗主的傢伙時、在他決定不管那傢伙是不是人類都要下手時，他就已經觸犯了天條。

不能回頭了。

「我要自己下手，絕不讓給任何人。」

黃褐色的眼睛帶著嚴厲，他不是隨便說說而已。

比誰都有資格責備風音的昌浩說過「算了」。

光是這樣，她就應該能得到救贖了吧？從來沒見過的笑容，也應該能出現在她臉上了吧？

晴明站起來，走向六合。

「等等，六合，你知道吧？即使殺了軀體、把真鐵的靈魂拖出來，也……」

道反大神說過。

即使那麼做，也不能保證靈魂可以回到無法徹底清除污穢的軀殼。

六合的眼中閃爍著酷烈的光芒。

「我知道，晴明。」

平靜的聲音裡，聽得出感情的波動。

「如果讓其他人下手，我會無法原諒那個人。」

即使那個人是晴明。

即使理性能說服他，感情也會背叛理性。他知道自己是這樣的人，所以不能讓其他人下手。

晴明啞口無言。白虎也一樣。道反大神露出難以捉摸的表情，看著保管女兒靈魂的神將。

片刻後，晴明彷彿投降般深深嘆了口氣，搖搖頭說：

「說你感情最豐富，還真說對了呢！」

道反聖域與人界的時間有些差距。

昌浩醒來時，聖域滿是早晨的陽光，人界卻還是漆黑的夜晚，從烏雲落下的豪雨不停地敲打著地面。

穿過隧道的晴明等人直直往南方走。

邊靠白虎的風彈開雨水，邊靠神腳疾馳。

使用離魂術的晴明在白虎的風協助下，與神將們並肩而行。

六合、紅蓮與白虎等三名神將，跟著他前往八岐大蛇可能重生的鳥髮峰。

「……」

紅蓮看一眼並行的六合，露出複雜的表情。

他也很想打倒真鐵，但是眼睜睜看著同袍觸犯天條，是種種感情相互掙扎的天人交戰。

紅色勾玉沉默不語，若不是親眼看見，只是聽說風音在裡面沉睡，恐怕也難以相信吧！

白虎突然抬頭說：「玄武醒了。」

是太陰的風捎來了訊息。比紅蓮晚了兩天。個子嬌小的玄武，傷勢真的非常嚴重。

「是嗎？太好了。」

晴明浮現安心的表情，紅蓮低聲叫住了他。

「晴明。」紅蓮瞥向六合，皺著眉說：「這樣真的好嗎？」

晴明很清楚紅蓮在問什麼，平靜地點點頭說：「嗯，那是六合的意思。」

霎時，從天上傳來震耳欲聾的咆哮聲。

他們立刻抬頭仰望雲層，看到螢火蟲飛舞著。

大家都已經知道，那是一對紅色的眼睛。

蛇神是水神，也是呼風喚雨的荒神⑩。真鐵他們召喚來的八岐大蛇「荒魂」，是從遠古時代就在這裡扎根的大蛇之神。

大蛇會把妖力賜給祭拜自己的人們，透過下雨的方式來薰染大地。

不遠處的簸川源頭都是臭氣沖天的毒血，到處冒著白煙，成了生物無法居住的死河。

還下個不停的雨，威力不減地打在身上。空氣裡也充滿妖氣，光呼吸就會覺得靈力逐漸減弱。

「晴明，大蛇會在哪裡重生？」

紅蓮問。晴明憂慮地皺起眉頭。

他並不確定，但是沒有其他地方可想了。

「傳說中大蛇居住的瀑布。」

沉默不語的六合微微瞇起了眼睛。

從遠方傳來野獸的叫聲。

晴明等人早就聽見了。他們仔細觀察周遭，看到無數在森林中流竄的影子，正緊緊跟著快步疾馳的他們。

晴明淡淡一笑說：「看來我是猜對了。」

無聲地奔馳在夜色裡的妖獸們，是被釋放出來阻止他們的魑魅。

心神不寧、坐立不安地看著天空的茂由良，耳尖地聽到門後有聲音。

「珂神？」

在荒魂復活之前，它必須留在這裡待命。只有祭祀王珂神可以安撫重生的八岐大蛇「荒魂」，引出它的力量。

身為九流一族之長的祭祀王，是八岐大蛇「荒魂」的第九個頭。

叫喚也沒有回應，茂由良慌忙打開門。門一開，狂風暴雨就打在茂由良臉上。

「哇！」

與外面隔絕的門打開後，屋內被風吹得亂七八糟。

茂由良抱頭大叫：「會、會被母親罵……」

珂神去找真鐵了。他明知道有多由良和魍魅跟著真鐵，不必太擔心。而且，現在的真鐵是臨時的軀體，只要拋開那個軀體，靈魂就會回到真鐵在這裡的本體。只要在這裡等著就行了。

他卻還是無法只是默默地等待，什麼都不做。茂由良明白他是這樣的個性，但希望他也能替擔心他的人想想。

「是我會被母親罵呀……！」

因為有九流血脈的人，只剩下祭祀王和真鐵了。

昌浩用力撐起身體，不禁驚歎背部和大腿竟然幾乎都不痛了。

「哇！比古真厲害。」

左臂肩頭被真鐵的閃電刀刃砍得很深，現在傷口卻已癒合，還長出了一層薄皮。天一看到傷口，也瞪大了眼睛。

由於道反女巫召喚，天一和勾陣都不在房間。小怪跟來找它的白虎一起去人界了。

「他們說爺爺和六合也都會去，可是……」

人界是不是還下著雨呢？當自己清醒時已經不見蹤影的比古，是不是平安無事呢？

希望他沒有被那些野獸攻擊。

昌浩身邊沒有同年紀的同性朋友，陰陽生敏次是大他三歲的前輩，所以不能稱為朋友吧！

如果現在他的身體好一點，局勢又沒這麼亂，比古應該會是談得來的朋友。

「希望他的兄弟也平安無事。」

離開京城時穿的衣服，因為先前的戰鬥和污泥而變得破破爛爛了。

現在昌浩穿的是女巫替他準備的衣服，跟道反大神穿的同類型，是古代的服裝。沒有狩衣的長袖子活動起來方便多了。

「這麼想，就覺得神將們的衣服應該都有他們的道理吧！」

四名鬥將是重視行動方便的裝扮，披著深色長布條的六合，布條下是甲冑，呈現戰鬥樣貌。

趁著四下無人，昌浩從床上跳下來，稍微動動身體。果然，既不覺得暈眩，也沒有疼痛的地方。

「嗯，沒事了。」

可能是因為聖域的清靜神氣，每吸一口氣，就覺得身體變得更輕盈。大家都贊成天一的提議，把受傷的勾陣送來這裡靜養，應該就是這個原因。

「小怪也把她罵得很慘呢！啊，應該是紅蓮吧？哎呀，管他是誰，反正都一樣。」

他自言自語說著被當事人聽見可能會抗議的話時，門被推開，太陰和玄武進來了。

「玄武！你沒事了嗎？」

玄武面無表情地對眼睛閃閃發亮的昌浩點點頭說：

「嗯，沒事了，等一下要去謝謝女巫。」

「大蜘蛛說守護妖們應該也快醒了。」

那就好！昌浩鬆了口氣，露出嚴肅的表情，壓低聲音說：

「爺爺他們去找真鐵了吧？」

玄武對太陰投以詢問的眼神，太陰猶豫地點點頭說：

「他們是這麼說的，要把真鐵的靈魂從風音體內拖出來，不然會造成不可挽回的結果……昌浩，你在想什麼？」

太陰的眼神充滿疑慮。昌浩欲言又止，終於下定決心說：

「我覺得我也應該趕去……」

「不行！你在說什麼，騰蛇也說你要好好休息啊！不是嗎？」

「我真的沒事了，多虧了聖域的神氣，還有比古……」

太陰和玄武都猛眨著眼睛。

「我有種很不祥的感覺，有爺爺在，應該不會有事，可是……」

說到這裡，他兩眼緊盯著太陰。太陰看出他傾訴的眼神在說什麼，嘟嘟囔囔地唸了好一會兒。

晴明也好、昌浩也好，這兩個人為什麼老是這樣逼迫自己呢？對了，也還沒有向青龍、天后解釋清楚呢！總覺得自己的處境愈來愈麻煩了。

「太陰的風應該可以很快追上他們。」

昌浩直盯著她的眼神認真得可怕。現在屈服的話，不只青龍和天后，恐怕連晴明、白虎和勾陣都會罵她。還有，最不想扯上關係的騰蛇絕對不只罵完她就算了，她才不想被逼入那種絕境呢！

還搞不太清楚狀況的玄武交互看著他們兩人，眨了眨眼睛。

「你想去找晴明嗎？那麼，我雖然不及太陰的風，但還可以……」

「玄武，你不要說話！」太陰嚴厲地制止他，搔搔頭說：「晴明也好、昌浩也好，為什麼都這麼……」

「對不起。」

「你道歉也沒用啊——！」

不管別人怎麼說都不會改變主意，就這點來看，昌浩無疑是晴明的繼承人。

小怪的陰陽講座

⑦「赤加賀智」是小紅燈籠的古語，也是蛇的古語。

⑧角髮：日本古代男人將頭髮中分，分別在兩邊的耳朵旁綁成圓形的髮型。

⑨素戔嗚尊是天照大神的弟弟。素戔嗚尊因為太過兇暴，被逐出高天原，斬了八岐大蛇後得到天叢雲劍，獻給了天照大神陪罪。

⑩日本稱兇猛靈驗之神為「荒神」。

11

吠叫聲遠遠地從雨間縫隙傳來。

正在殲滅不停湧現的魑魅狼群的紅蓮等人，赫然轉移了視線。

看到真鐵坐在比魑魅大的灰黑狼背上，就在森林那邊。

多由良直直往前衝，坐在他背上的真鐵拔起了鋼劍。

「真鐵，你還好吧？」

多由良擔心地問。真鐵拍拍它的頭，嚴肅地瞇起眼睛說：

「他們往荒魂重生的地方去了，不能讓他們繼續前進。」

沒剩多少時間可以使用這個軀體的力量了，在那之前，要全力阻撓他們。

「萬不得已的時候，你至少要把一隻臂膀送回去。」

需要的不是這個軀殼，而是天津神的血。只要在復活時獻上活生生的血，就可以把荒魂留在這世上。

多由良以沉默回應，真鐵在它背上弓起一隻腳跳起來，同時以靈爆攻擊晴明等人。

爆風把雨和沙礫吹得漫天飛揚，瞬間遮蔽了視野，晴明單手結印。

「——禁！」

躲在沙礫中偷偷衝過來的真鐵，被看不見的壁壘彈飛出去。

最早發現多由良從旁邊撲過來的紅蓮立刻放出深紅色火蛇，像是為之前的事洩憤。多由良被強烈扭擺的灼熱火蛇纏住，在半空中翻了個大觔斗，發出怒吼聲，甩開了身上的火蛇。

這時候，白虎又放出了重重相連的氣旋。

「多由良！」

大驚失色的真鐵築起靈力的壁壘守住灰黑狼後，馬上用靈壓粉碎了晴明佈設的保護牆。

爆風推倒了周圍的樹木，神將們和晴明也差點被吹走。勉強站穩，重新擺好架式的六合，以銀槍擋開了逼近眼前的鋼劍。

金屬相碰撞的聲音在空中繚繞。雷電閃過烏雲密佈的天空，像協助真鐵般放出了雷擊。

「散！」

晴明的言靈摧毀了雷擊。被反彈回去的閃電把魑魅狼群燒成了灰燼。

「自己人也燒啊？」

白虎低聲嘲諷，用力擊退了伸向自己脖子的狼爪。灰黑狼在半空中轉個圈，輕盈地落地，發出咆哮聲。

黑色妖狼群一隻接一隻從土裡爬出來，殺也殺不完。

雷擊又個別對準了所有的神將打下來，迸射的鬥氣與雷電相抵銷的紅蓮忍無可忍地大叫：「滾！」

集體撲過來的妖狼被紅蓮的火蛇吞噬，發出慘叫聲。紅蓮看都不看逐漸崩潰瓦解的妖狼群，把目標轉向灰黑妖狼。

忽然，紅色螢火蟲從烏雲裡飛了出來。

紅蓮的背脊一陣戰慄，不由得仰望天空，金色眼眸看到從黑雲中伸出蛇頸傲視地面的怪物輪廓。

「……大蛇……」

紅色雙眼的視線貫穿了近乎失神地嘟囔著的紅蓮。從地面往上延伸的巨大蛇體，在雲中挺直了蛇頸蠢蠢蠕動著。有八個頭、八條尾巴的怪物，讓本體橫臥在山的另一頭。

大蛇的模樣逐漸變得清晰了。真鐵看出來後，邊閃躲六合的長槍攻擊，邊轉身離去。

「多由良！」

灰黑狼的反應相當敏銳，真鐵一騎到背上，它立刻狂奔向蛇體。

正要追上去的紅蓮等人，被黑雲打下來的雷電阻擋了去路。

只有六合以深色靈布彈開雷擊，突破攻擊網，追向真鐵。

蓋著厚厚雲層的天空奪走了這個地方的黎明，但是破曉時分確實一分一秒地接近了。真鐵就是因為這樣才撤退的。

紅蓮、白虎和晴明正在與大蛇的其中一個頭對峙。蛇神掌管水，如果說八岐大蛇是神，那麼祂就是呼風喚雨的荒神。

「晴明，你去追六合，這裡交給我們。」

「拜託了。」

在紅蓮催促下，晴明追向了真鐵。

巨大的蛇頭對準晴明俯衝下來，大張的嘴巴露出尖銳的牙齒。

地鳴聲震響，蛇體推倒樹木，在地面滑行追捕晴明。紅蓮放出火焰，從側面攻擊大蛇。

晴明乘機鑽入了森林。

白虎的風才剛包圍紅蓮飛起來，巨大的蛇頭就撞塌了那個地方。

「嘗嘗這個！」

紅蓮放出來的白色火焰龍撲向蛇體，但是，大蛇齜牙咧嘴一聲咆哮，火焰就被迸發的瘴氣吞噬了。

「喂！白虎，」焦躁的紅蓮皺起眉頭，瞪著大蛇的紅色雙眼說：「蛇會這樣咆哮嗎？」

震盪大氣的咆哮聲響徹雲霄，白虎也皺起眉頭說：

「我所知道的蛇都不會叫，這隻分明就是怪物。」

「沒錯。」

大蛇拉長脖子，吞吐著紅色舌頭，慢慢接近浮在半空中的紅蓮和白虎。

白虎放出了真空氣旋，但是他的神通力被雨中的妖氣削弱了。氣得全身發抖的大蛇閃過真空氣旋，以那個龐大身軀不該有的速度直逼向他們。

兩人勉強躲過尖牙，卻還是被蛇頭側面打個正著。受到這樣的衝擊，兩人都遠遠飛了出去。

大蛇正要追逐掉入森林裡的人類時，突然低頭一看，就消失在黑暗中了。

在樹木高聳入天的森林中飛翔的太陰、昌浩和玄武，還搞不清楚剛才聽的是什麼怪物的咆哮聲。

只知道就在附近，但是被樹木擋住，看不到全貌。

「啊！在那裡，那裡突然空出一片。」

往昌浩所指的地方飛去，到了地面被撞塌、樹木東倒西歪的凌亂地方。

妖氣沖天。

太陰感到毛骨悚然，無意識地更用力抓住了昌浩的手。昌浩擔心地看著臉色發白的太陰時，眼角餘光掃到有東西在動。

一個人從對面森林跑出來，昌浩大叫：「比古！」

呆呆看著慘狀的比古，聽到叫聲才回過神來。

「啊！昌浩。」比古啪噠啪噠地跑過來，打量了太陰和玄武後，對昌浩說：「你的同伴看起來很奇怪呢！」

「奇怪是什麼意思?!」

太陰暴跳如雷，比古毫不在乎地笑笑說：「不是不好的意思，是很有趣。」

眼神帶點迷惘的玄武懷疑地注視著比古。對方乍看像是個普通人，他的頭腦某處卻警鈴大響，告訴他不能掉以輕心。

「昌浩，你還好吧?當時沒辦法跟你多說些什麼，很擔心你呢！」

「嗯，幾乎痊癒了，都是你治療得好，比古，你真厲害。」

「比古」這個名字，太陰不久前才聽晴明說過。山之比古是指比古神和祭祀這個神的山民。這個少年看起來不像是神，所以應該是山民吧？

可是不知道為什麼，總覺得哪裡不對勁。這個少年不就是從晴明他們前往的那座山來的嗎？

昌浩不管太陰「總不會是……」的猜疑，和比古打成了一片。

比古爽朗地說，昌浩不解地偏頭問：「危險？你怎麼……」

「昌浩，這裡不太安全，你最好趕快回家。」

昌浩還沒把話說完，就被大驚失色的怒吼聲打斷了。

「離那傢伙遠一點，珂神比古！」

所有人的視線都集中在某一點。

站在森林出口處的灰白狼，橫眉豎目地擺出威嚇的姿態。

比古一頭霧水地眨眨眼睛。

「茂由良，你怎麼了？」

慢慢縮短距離的茂由良齜牙咧嘴地說：「快過來，珂神！他們是敵人！」

瞪大眼睛回頭看昌浩的比古，看到擋在前面保護昌浩的玄武和太陰都露出了明顯的敵意。

太陰散發出來的鬥氣帶著火爆。

「你就是珂神……！」

「太陰？」

昌浩滿臉訝異，太陰對著他大叫：「這傢伙就是祭祀王啊，昌浩！」

有反應的是玄武。

「他就是真鐵說的祭祀王……？」

昌浩茫然地低喃著：「咦……？」

他眼睛眨也不眨一下地盯著比古，往後退了一步。

比古注視著昌浩，眼底漸漸泛起敵意。

「你是道反的……」珂神比古停頓一下，咬牙切齒地說：「我真不該救你！」然後猛然仰天大叫：「荒魂！」

大蛇呼應他的叫喚現身了，對屏住呼吸的昌浩等人放出雷擊。

追趕著六合的晴明聽到轟轟流水聲。

「瀑布……？」

是大蛇以前棲息的瀑布？

往那裡前進的晴明感覺到一股殺氣，立刻往後退。

差一點就殺了晴明的灰黑狼不甘心地低鳴著，張嘴露牙，威嚇地吼叫幾聲後蹬地而起。

晴明結起刀印，在半空中畫出五芒星。

「縛！」

妖狼全身僵硬。晴明丟下行動被封鎖的妖狼，繼續趕路。那隻狼是擁有強大力量的異形，縛魔術恐怕維持不了多久。

朝著水聲前進的晴明眼角掠過金屬的閃光。他聽見兵器聲，驚訝得倒抽一口氣，快步衝出森林。

六合與真鐵正在河岸廝殺。

不知道為什麼，真鐵沒有再使出雷擊。六合覺得奇怪，但是手下留情只會把自己逼到絕境。

若要以武器分勝負，手拿銀槍的六合顯然佔上風，劍根本傷不到他。

逐漸被逼到懸崖邊的真鐵，背對瀰漫著瘴氣的瀑布，突然停下腳步。

發出轟轟巨響流到瀑布底下的水被染成了紅色，冒著白煙。在飛沫四濺的瀑布底部稍前方的水流中，隱約可以看到巨大的蛇體。

六合終於追上了真鐵，卻怎麼樣都出不了手。

只要往前一步，伸出長槍，一切就結束了。

他知道他必須殺了對方，感情卻捆住了他的四肢。

即使把真鐵拖出來，也不能保證風音的靈魂可以回來。

大概是看出六合的猶豫，真鐵悠悠一笑，不慌不忙地把劍尖朝向自己胸口。

「你幹什麼……?!」

沒有血色的蒼白臉龐，對著驚訝的六合露出冷笑。

「雲層後面的天空就快亮了……到破曉時分了。」

這時候，晴明終於衝出了森林。聽到樹叢的窸窣聲，六合的注意力剎那間轉向了那裡。

「我們沉入黑暗中的神，即將甦醒。」

鋼劍劍尖深深插入了胸口，六合完全來不及阻止。真鐵毫不猶豫地拔起鋼劍，把沾滿鮮血的鋼劍扔進了瀑布。

需要的是血，天津神之血，而不是肉體。

真鐵低咳幾聲，吐出血來。閉上眼睛的身體失去平衡，像斷了線的木偶癱倒下來。

六合扔掉銀槍，伸出了手。彷彿伸向他的白皙手指，逐漸被吸向瀑布。六合伸出來

的手瞬間碰到了她的手指，卻抓了個空。

「唔……！」

──彩……輝……

突然，他好像聽到聲音，叫喚著除了主人之外沒人知道的另一個名字。

那絕不是錯覺。

「六合！」

晴明衝了過來，叫聲被流下瀑布的轟轟水聲淹沒了。

六合跟著風音，縱身跳進了紅色瀑布。

他曾跟她說過「待在我身旁」。

「風音……！」

再次伸出來的手，這次非抓住她不可。

呆立在懸崖邊的晴明，茫然地俯瞰著轟隆巨響的瀑布。

「六合……」

那是冒著白煙、燒毀所有生物的大蛇毒血，是被瘴氣污染的水──

晴明握緊拳頭大叫：

「彩輝──……！」

只要妳希望，我會一次又一次伸出我的手。

一次又一次去抓妳的手。

然後——

絕對不放開。

後記

好久不見，大家好。最近過得如何呢？我是結城光流。

少年陰陽師第十六集了。

首先來看例行票選。

第一名，主角安倍昌浩，簡直就是一枝獨秀，不知道能更新紀錄到什麼程度。

第二名，怪物小怪（包括紅蓮），這次小怪比較多。

第三名，神將六合。與小怪（包括紅蓮）只有些微差距，一直到最後都呈現拉鋸戰。

第四名以下依序是勾陣、太裳、玄武、風音和敏次，接下來的天一、朱雀、青龍、彰子和成親是同票數，再之後是車之輔、晴明、高淤、當今皇上與結城（感謝各位）。

想參加人物票選的各位，只要在來信某處清楚寫上「我投〇〇一票」，就不會被漏掉了。一封信一票。有人會寫「我投〇〇和〇〇一票」，這樣就算無效票，所以請各位注意。寫「這是替朋友投的」就算有效票。下次誰會脫穎而出，就看大家的投票了，敬請期待下一集的結果分曉。

怎麼樣，各位，去http://seimeinomago.net（PC&mobile是共通的URL）看過了嗎？

通稱「孫NET」&「孫手機」。這個可以取得少年陰陽師最新資訊的官方網站，目錄正在不斷增加中。我的手機已經找到來電音樂和待機畫面，設定好了。人稱「少年陰陽師客製手機」。

我把media mix相關項目稱為「孫子」，但這些孫子們其實都很有個性。

長男是劇情CD，有「窮奇篇」全三集、「風音篇」全四集、番外篇一集、原聲帶&劇情CD第一集。「天狐篇」的劇情CD系列也開始動工了。「天狐篇」第一集「真紅之空」預計在二〇〇六年九月二十二日發行。在那之前，預計會在八月二十五日先發行《篁破幻草子》劇情CD第二集《鬼哭六道之辻》（暫定）。兩邊都有第一集特別優惠，贈送音樂原聲帶，一定要買哦！大家關心的天狐配音演員，暫時保密。想知道的人請查閱孫NET&孫手機！

次子是電台。請聽從四月開始播放的電台《少年陰陽師》「來自彼方的聲音～」，簡稱「孫電台」，還有手機的電台《少年陰陽師》「消失在彼方的聲音～」，簡稱「花絮孫」。音樂廣播解說員甲斐田和小西每次都吐我槽說：「兩邊都不是簡稱嘛！」關西電台是每週五凌晨一點三十分開始播放三十分鐘，保證各位聽眾可以度過溫馨的時間。最棒的是，這個「孫電台」會在電台播放一個禮拜後，免費在Animate TV（http://www.

animate.TV）播放。只要有網際網路環境，在世界任何角落都聽得到。

三子是卡通，跟晴明的接班人昌浩一樣，三子應該會成為最偉大的人物。

預定從今年秋天開始在電視播放的卡通，導演、系列結構、人物設定，都是很優秀的人。計畫其實從去年冬天就正式啟動了，但因為只是在水面下緊鑼密鼓做準備，所以在成形之前都不能說，忍得好辛苦（笑）。

在這裡寫不完的許多資訊，請看已發行的《The Beans 7》或預定於七月發行的《Beans A》、孫NET&孫手機、卡通資訊雜誌等等。

還有，正在討論要不要生下四男「遊戲」。哇，太棒了！雖然我幾乎沒玩過遊戲，但我會努力去做！

種種詳細資訊，請看孫NET&孫手機！

新篇章「珂神篇」的主要角色，到了第二集總算全出來了。但是，好戲才正要上場呢！多由良和茂由良還是很可愛……

就寫到這裡了，少年陰陽師第十七集見！

結城光流

國家圖書館出版品預行編目資料

少年陰陽師.拾陸.玄妙之絆 / 結城光流著；涂愫芸譯. -- 初版. -- 臺北市：皇冠, 2009[民98].11
面;公分. --(皇冠叢書；第3911種　少年陰陽師；16)
譯自：少年陰陽師　妙なる絆を摑みとれ
ISBN 978-957-33-2596-3(平裝)

861.57　　98018299

皇冠叢書第3911種
少年陰陽師 16

少年陰陽師——
玄妙之絆

少年陰陽師
妙なる絆を摑みとれ

作　　者—結城光流
譯　　者—涂愫芸
發 行 人—平雲
出版發行—皇冠文化出版有限公司
台北市敦化北路120巷50號
電話◎02-27168888
郵撥帳號◎15261516號
皇冠出版社(香港)有限公司
香港灣仔駱克道93-107號利臨大廈1樓
電話◎2529-1778　傳真◎2527-0904
出版統籌—盧春旭
責任編輯—丁慧瑋
版權負責—莊靜君
日文編輯—許秀英
美術設計—許惠芳
行銷企劃—李嘉琪
印　　務—陳碧瑩
校　　對—鮑秀珍・陳秀雲・丁慧瑋
著作完成日期—2006年
初版一刷日期—2009年11月
初版二刷日期—2010年01月
法律顧問—王惠光律師

讀者服務傳真專線◎02-27150507
電腦編號◎501016
ISBN◎978-957-33-2596-3
Printed in Taiwan
本書特價◎新台幣199元/港幣67元